易新南　著

# 观海听涛

## 朗诵诗歌集

深圳出版社

图书在版编目（CIP）数据

观海听涛：朗诵诗歌集 / 易新南著. -- 深圳：深圳出版社，2023.9
ISBN 978-7-5507-3900-0

Ⅰ.①观… Ⅱ.①易… Ⅲ.①诗集—中国—当代
Ⅳ.① I227

中国国家版本馆 CIP 数据核字（2023）第 167698 号


**观海听涛：朗诵诗歌集**
GUANHAI TINGTAO：LANGSONG SHIGEJI

出 品 人　聂雄前
责任编辑　韩海彬　杨雨荷
责任校对　叶　果
责任技编　郑　欢
封面设计　蒙海星

出版发行　深圳出版社
地　　址　深圳市彩田南路海天综合大厦　（518033）
网　　址　www.htph.com.cn
服务电话　0755-83460239（邮购）0755-83460202（团购）
排版设计　深圳市无极文化传播有限公司　Tel：19168919568
印　　刷　深圳市华信图文印务有限公司
开　　本　787mm×1092mm　1/16
印　　张　22.5
字　　数　250千
版　　次　2023 年 9 月第 1 版
印　　次　2023 年 9 月第 1 次
定　　价　68.00 元

# 诗山词林砍樵人

陈昌华

　　湖南有一首脍炙人口、风靡全国的民歌《刘海砍樵》，用它来形容从湖南这片人文荟萃土地走出的著名诗词作家易新南，可谓恰如其分。收入这本朗诵诗集的二百余首诗词，证明他的确是当之无愧的"诗山词林砍樵人"。

　　我和易新南的交往最早可溯源到二十世纪的九十年代。那时他在罗湖火车站旁的一家五星级酒店富临大酒店做负责人，我在深圳"老八股"之一的中国宝安集团编内刊《宝安风》，同时兼任深圳市企业报刊协会会长。企业报刊协会免不了跟企业打交道。富临大酒店那时也办了一份报纸，协会有时在酒店开会交流，一来二去和易新南就熟络了起来。没承想易新南不仅酒店经营得风风火火，闻名中外，而且对企业文化、企业内刊也是情有独钟，颇具见解，并给我们这个结构松散的协会提供了大量的支持。更难能可贵和令人意外的是易新南还写歌词，有几首歌词经著名作曲家作曲和著名歌唱家演唱后，不仅流传甚广，还拿了国家级的大奖，这就不得不令人刮目相看，肃然起敬了。

后来易新南辗转海内外多家五星级酒店任CEO，我们的联系也时断时续，但心有灵犀一点通。在深圳的文学群互加了好友后，他很快寄来了他多年呕心沥血的结晶歌词集《岁月笙歌》。这部从他创作的一千多首歌词作品精挑细选出来的歌词集，令我大开眼界。我虽然知道他写歌词，但不知道的是他的写作涉猎如此之广、题材如此多样，有这么多这么好的作品。俗话说，士别三日，当刮目相看。我们别了这么多年，又怎能不令人惊叹呢。

更加未曾想到的是，这位诗词界的老将宝刀未老，又要出版一部《观海听涛——朗诵诗歌集》。钦佩之余，他提出让我为他这部朗诵诗集作序，这几年我虽然也写了一些朗诵诗，但给这位颇具影响的诗词老将作序，还是颇为踌躇。我劝他还是找个大家来作序，他却坚持要我来写，理由一来对他熟悉，二来都偏爱写朗诵诗。推辞不过，只好恭敬不如从命了。

这部分为十五辑，选入了二百余首作品的诗集，是从作者近几年来潜心创作的一千多首诗词中遴选出来的适合朗诵的诗歌精品。尽管诗不在多，贵在精。但在数量众多的作品中优中选优，岂不更加精益求精了。尤其令人佩服的是他的文思泉涌，诗词常新，几乎天天都有新作产生。这既得益于他多年的厚积薄发，水到渠成，又来自他老骥伏枥志在千里的不懈耕耘。这种衣带渐宽终不悔的追求和源源不断的优质高产，在许多舞文弄墨的文朋诗友中也不多见，对他而言却是发自内心真情实感的自然流露，信手拈来便令人目不暇接，欣喜不断。古人云，人生之追求立功、立德、立言。对这位深圳商界翘楚来说，立功、立德早已在他几十年的职业生涯中修炼得功德圆满，而几乎伴随了他业余时间的这份立言，读来如此酣畅痛快、淋漓尽致，实属难得，殊为不易。

依我之见，这部诗集最显著的特色体现了"诗言志"这一句作诗理念。"诗言志"是我国古代诗论家对诗歌本质的一种理解。汉代以后，人们对诗歌的作用有三种说法：一种偏重于"志"，一种偏重于"情"，一种"志"和"情"并重。易新南是"志"和"情"并重的，其诗词中体现了家国情怀和艺术风格和谐统一。思想上充实而严正，鲜明而大气；在风格上精练简约、刚健有力。他一以贯之地放歌时代，赞美祖国，为大众代言，与时代同行，字里行间洋溢着浓浓的感恩之情。通过第一辑"亲爱的祖国"、第二辑"再唱东方红"、第三辑"诗词耀中华"、第四辑"火红的岁月"、第五辑"我从深圳来"、第六辑"海湾掬浪花"所收作品，那些讴歌时代精神的诗歌，洋洋洒洒地占了整部诗集三分之一，即可略见一斑。

在第一辑"亲爱的祖国"里，他写了中国的太阳最红，中国的月亮最圆；他写了"中国人""亲亲的祖国"，他写了"祖国如画""沧桑巨变"，他写了"江河海湖""相爱地球"，仅从这些题目，你就可以感受到诗人的拳拳之心和赤子之情。像"一对春联从古贴到今 / 一口月饼品味故乡情 / 一句乡音撩起泪满襟 / 一条龙舟常在梦里行 / 一幅丹青描绘山和水 / 一把琵琶弹拨日月新 / 一笔汉字维系世代人 / 一根银针济世万家宁。"这样发自肺腑，热得发烫的诗句比比皆是，扑面而来！也难怪被宋祖英首唱到了2003年春晚的舞台。在《黄河》一诗中，他写道："从天上飞来的大河 / 千古奔腾，波澜壮阔 / 汇聚千山万壑的甘泉 / 积成皇天后土的恩泽 / 流进千万家的黄河水 / 好一部梦想奔腾的史诗 / 好一腔中华潮涌的脉搏。"真是激情澎湃，大气磅礴。

诗集的又一个特色是意境深远雄浑，韵味十足。唐代司空图提出思想与艺术特色是构成诗歌审美价值的底色。这种品质和欣赏者的主观思想相结合，就形成了"味外之致""象外之象"等系列的审美效果。他在《诗品》中还提出了一种雄浑的诗歌创作风格，这种风格既包含着正确又充实的思想内容，又有波澜壮阔的气势。易新南许多诗作的艺术感染力恰恰印证了这一点。诗人笔下的山川河流，花草树木，人间万物，无不触景生情、情景交融，抒发着诗人"读万卷书行万里路"的情怀。

从诗集的第七辑"山水风光美"到第十五辑"短长随想曲"，多方位、多角度地抒发了诗人的亲情、爱情、友情、多情，好一个多愁善感之人，怎一个情字了得。比如《读读自己》："岁月带不走记忆／山河隔不断回忆／翻翻泛黄的照片／搜寻过去的悲喜／尝尝忆旧的饭／领悟做人的滋味／那情，那景，那笑声／梦里不知醉倒多少回／追寻走过的足迹／更是摸索未来的轨迹／在时光隧道里穿梭／怀旧是为了读懂自己／历史老不了思绪／生活腻不了回味／哼哼童年的儿歌／重温模糊的梦呓／摆摆从前的故事／徜徉久违的天地／那人，那事，那遭遇／心里总是健谈老话题／召唤历史来回顾／也是展现未来作描绘／在历史长廊中漫步／温故是为了把握自己。"这哪里是在读自己，分明是在读人生，读过去，读未来，低吟浅唱，令人万分感慨！

无论是"诗言志"的大我，还是"诗言情"的小我，抑或是大我中的小我，小我中的大我，诗人的题材广泛，诗路开阔，淋漓尽致展现了从生活中来，到生活中去的，源于生活，高于生活的艺术理念和不懈追求，更凝聚了诗人追求真善美，摒弃假恶丑的真情实感。难能可贵的是既有阳春白雪的清新高雅，也有下里巴人的俚语通俗，这种雅俗共赏的艺术风格，无疑是当今诗坛的一股清流。正如一些由他作词传唱的歌曲那样，他的朗诵诗也一定会受到更多的诗歌爱好者的欢迎和喜爱。

当然，诗集中的有些诗歌还略显直白了一些，诗意还可提炼得更浓郁一些。但瑕不掩瑜，整部诗集昂扬向上的基调、充分饱满的激情、生动活泼的风格、朗朗上口的语言，不失为一部别具一格的朗诵诗集。

2022 年 9 月 30 日

（作者系深圳市文学学会诗歌专业委员会秘书长）

# 目／录

1

第一辑  亲爱的祖国

## 亲爱的祖国

我曾经想过祖国是什么
我也曾问过什么是我的祖国
岁月走过，风雨走过
眼睛和心跳把答案告诉我

是天空耀眼的中央星座
是大江横流的波澜壮阔
是湖畔海湾的风情柔波
是山高壑险的壮丽巍峨

是东方文明的精魂烁
是沧海桑田的耕耘收获
是中华民族的热血脉搏
是千秋万代不灭的薪火

祖国是什么
什么是我的祖国

是民族欢歌的手鼓铛锣
是春江花月的蹁跹吟哦
是烽火边疆的铁马金戈
是龙飞凤舞的神话传说

是万里长空的飞翔银鸽
是金色田野的麦穗稻禾

是高铁窗外的风物美景
是祖先留下的浩瀚史册

祖国我读过，我唱过
其实我也常常梦过

是茁壮成长的校园花朵
是莘莘学子的琅琅功课
是华灯璀璨的广场舞乐
是流光溢彩的未央夜色

是编织幸福的金梭银梭
是相伴恋人的热吻情歌
是天涯游子的望乡明月
是扬帆逐梦的生命航母

这就是我的祖国
五千年长歌澎湃在心窝
这就是我的祖国
亿万儿女在五星红旗下诉说
我爱你，我爱你啊
伟大的祖国！亲亲的祖国

2020 年 6 月 2 日深圳

（易新南、单协和）

## 我的国旗

你像彩虹托起东方晨曦
你像红日光耀神州大地
你像薪火传承千秋万代
你像赤碑彪炳浩瀚记忆

你是我生命的生长祖籍
你是我灵魂的神圣皈依
你是我尊严的泱泱护堤
你是我幸福的永久话题

你的风采飘扬最美旋律
火红的誓言滚烫在心里
你的神威福佑千家万户
像吉星高照岁月更甜蜜

举国之威仪顶天立地
在胸之幡动气定神奇
你那鲜红的颜色融进血液
天涯处处都在心中升起

默默祝福化作举目敬礼
风雨无阻总是忠诚追随
为了幸福我，为了光荣你
我们共命运，永远同呼吸

2017 年 9 月 20 日惠州

# 祖国如画

仰观长空，日月星辰
远眺大海，浪卷风云
放眼原野，阡陌纵横
遥望群山，巍峨腾云

探幽东夷，琴调诗文
采风西域，大漠驼铃
踏浪南疆，斜阳椰林
挥鞭北国，草原驰骋

桃红李白，田野织锦
青苗抽穗，丛林抱薪
炊烟灯火，万户千村
山高水长，毓秀钟灵

一阵春雨，万紫千红
一片夏阳，大地辉金
一夜秋露，染尽枫林
一场冬雪，飘花裹银

喜看华夏，天地雄浑
环顾家园，水秀山清
漫游四季，月异日新
放歌时代，虎啸龙吟

天下惊艳，追梦华人
各美其美，大爱多情
守望相助，世代勤奋
薪火相传，图强复兴

看不够我的神州美景
道不尽万种妖娆风情
何曾忘怀瑞气缭绕千祥
祖国如画壮美华夏子孙

2017 年 4 月 26 日深圳

## 祖国在路上

你从洪荒中走来
你从风雨中闯入
你把东方薪火传承
炼成激情燃烧的风采
你报晓黎明，荡涤尘埃
筑起红色江山大舞台
向着民族之林
你金戈铁马，继往开来

你在春风里赶来
你在寻梦中追来
你用东方神州传奇
抒写万象更新的豪迈
你梳妆山河，春潮澎湃
开创民族复兴大时代
踏定特色大道
你日夜兼程，初心满怀

中国梦想是你远大胸怀
追赶太阳是你铿锵气概
血肉相连的华夏儿女
与你同舟奋进千秋万代

2016 年 11 月 22 日成都

# 我和祖国

我幸运，我与共和国同年岁
诞生在黑夜过去的报晓晨曦
站起来，富起来，强起来
这是我们共同拼搏的传奇

我自豪，我与共和国同年岁
手牵手一起把中华薪火传递
解放路，改革路，复兴路
这是我们共同奋进的步履

岁月沧桑，斗转星移
生命的年轮刻满温暖的记忆
多少梦想，多少荣光
风雨中我们总是站在一起

谁说泱泱国运不是人生幸运
忘不了鱼水相依的春秋四季
谁想倾听天底下最美的歌声
我在祖国怀抱，祖国在我心里

2017 年 8 月 29 日深圳

（易新南、单协和）

# 中国的太阳

伏羲捧过的太阳
跨过了山高水长
夸父追赶的太阳
融进了黄河长江
东方日出，日出东方
天和地拥抱着希望
带着光明，带着热情
走进了沧海桑田
走进了千古文章
走进了神州四面八方

今天相伴的太阳
追梦在诗和远方
未来盼望的太阳
与花朵茁壮成长
阳光灿烂，灿烂阳光
我和你沐浴着辉煌
东边旭日，西边夕阳
照耀着田园家乡
温暖在我们心上
滋润着大地万物生长

神话走进岁月的太阳
光明磊落，万民敬仰
天上来到人间的太阳
生息与共，地久天长

生涯常驻在心的太阳
照亮梦想，温暖安康
啊，中国的太阳
华夏儿女天佑的神光
感恩你播辉洒金，大爱无疆

2018 年 9 月 24 日深圳

# 中国的月亮

天上美丽的风景
她是人间追寻的梦境
她是大地重光的神灯
她是家乡祈佑的福星

多像清泪欲滴的冰轮
又像天边梳妆的玉镜
宛如岁月荏苒的银梭
好比天堂敞开的圆门

少她少了一半的光明
缺她缺了岁月的憧憬
忘她忘了人生的梦想
离她离了生活的雅兴

都说思乡望月倍思亲
都说风花雪月最牵魂
都说彩云追月呈吉祥
都说披星戴月追梦成

琼楼月门进出走好运
怀抱月琴弹拨怡性情
飘香月桂吮吸添精神
中秋月饼品味意犹尽

中国的月亮格外温馨
中国的月亮化蝶多情
中国的月亮大度风流
中国的月亮滋润养心

中国的月亮耀古烁今
嫦娥的故事依然迷人
中国的月亮阴晴圆缺
心中的女神世代通灵

啊！中国月亮，我的心灯
谢谢你与我共度温存时分
啊！中国月亮，我的爱神
感恩你让我俩结缘在红尘

2018 年 9 月 6 日深圳

## 中国人

走南北，闯东西
踏遍天涯不忘故乡老祖籍
写方字，讲汉语
从小爱读四书五经弟子规

敬祖先，拜天地
一生牢记修身齐家重仁义
爱书法，练功夫
喜闻乐见唐诗宋词品京戏

乐在楚河汉界玩博弈
最爱丹青泼墨描天地
龙飞凤舞常在梦中游
端午中秋阖家团圆闹除夕

为人处世温良恭俭让
老祖宗留下这个理
血脉根底代代传啊
五千年文明遗传骨子里

2018 年 7 月 27 日湘潭大学

## 天下华人大家亲

一部史书教诲众儿孙

一本《周易》演绎天地行

一套生肖偶合众生相

一炷香火祭拜祖先恩

莫道人间流传百家姓

追根溯源同是龙的传人

源远流长的长江黄河

是华夏儿女的祖脉母亲


一对楹联代代贴家门

一壶清茶从古沏到今

一杯老酒醉念故乡情

一个中秋月圆心头明

莫道沧海桑田浪淘沙

日出东方高照神州万年春

生生不息的龙飞凤舞

是薪火相传的美丽图腾


忘不了八千里路月和云

消不散黄钟大吕神和韵

血浓于水天下同胞爱

千秋同唱中华大家亲


2001 年 4 月 29 日深圳

（方石作曲、张燕演唱）

# 沧桑巨变

三山五岳还在
五湖四海还在
黄河长江都在
依然滚滚流向大海
百年沧海桑田
不见旧时的尘埃
江山更娇
大地更气派
古老的祖国更加蓬勃
春潮滚滚惊天动地来

袅袅炊烟还在
万家灯火还在
乡风民俗都在
薪火依然相传代代
百年斗转星移
不是从前的气脉
时代更潮
人间更精彩
龙舟生生不息竞渡赛
百姓有股豪气入胸怀

仰望天上的繁星
看看地上的人心
岁月有情，人间有爱
跟随红旗一步步走来

2020 年 7 月 1 日广州

# 高铁巡礼

我在北上的高铁上
好像鸟儿那样飞翔
看那窗外闪过的景色
心情如花儿烂漫绽放
桃花红，杏花白，菜花黄
四面八方处处叠彩盛装
那一团团葱茏的村庄
像绿色斑斓的立体诗行
那一片片阡陌田野
像铺满大地的金色粮仓
翻过崇山，穿过平原
前方万家灯火辉映满天星光

我在南行的高铁上
宛如雄鹰那样翱翔
看那窗外飞泻的风景
心境像追星赶月欢畅
山青青，水绿绿，天蓝蓝
塞北江南满目风清日朗
那一座座巍峨的桥梁
像凌空的彩虹从天而降
那一栋栋擎天的大厦
像逐梦英雄挺立的群像
越过黄河，跨过长江
到处红红火火一派蓬勃景象

这一条条巨龙飞驰远方

我仿佛在美梦中忘情巡航

这一条条银梭划过天际

我好像在憧憬中追赶太阳

一幅幅场景让我惊艳震撼

一张张笑脸让我陶醉昂扬

向前，风驰雷厉般向前

向前，乘云驾雾般向前

祖国啊，你是江山多娇的大美画廊

祖国啊，你是中华儿女的自豪故乡

2021 年 9 月 8 日深圳

# 江河海湖

远眺东方的江河海湖
泱泱不息，俯首长流
你用汩汩甘甜的乳汁
滋润广袤无垠山川故土

守望祖国的江河海湖
纵横连襟，情同手足
你用大爱多情的臂膀
挽起五十六个兄弟民族

江水滔滔，河水悠悠
你让我的家园丰腴富庶
海浪滚滚，湖光粼粼
你让华夏大地钟灵毓秀

黄河如龙，长江如凤
你让千山万水哺壮神州
江河朝宗，湖海潮涌
你让百业兴旺天长地久

百江千河，四海五湖
你是中华民族命脉血库
源远流长，从善若水
你让中华儿女千古风流

掬一瓢你的盈盈清水

滋润心田，强壮筋骨

踏一卷你的惊天浪涛

豪情万种，激荡心头


波涌浪奔的江河海湖

我们千种憧憬，万般祝福

血脉相连的江河海湖

我们相扶相濡，岁月共流


2020 年 3 月 26 日深圳

# 话说长城

说起伟大的万里长城
这是祖先镌刻的史记
缘起西周，历经秦汉
续建辽金，缮臻明朝
从春秋，到前清
浩大工程两千年
记不详代代帝王将士
数不清多少黎民百姓
费尽移山回天功力
殚竭殷殷成河血汗
在东方神州巍然屹立
为千秋万代铸我长城

眺望巍峨的万里长城
这是中华傲世的丰碑
跨越重山，横穿莽原
攀崖绝壁，奔腾瀚海
从西域，到东方
纵横蜿蜒五万里
望不断座座峻岭烽垛
阅不尽长堑雄关隘口
仿佛巨龙飞舞盘旋
宛如玉带环绕江山
在沧海桑田挺起脊梁
为人间开怀拥抱八方

远古峻岭走来的长城
你从狼烟烽火中奋起
你在风霜雪雨中坚守

守望东方神州的长城
你经苍天与日月同辉
你纬大地与华夏共存

啊！长城！啊！长城
你总把平安的夙愿留给故土
你为中华生生不息相守永恒

2019 年 10 月 8 日北京

# 相爱地球

茫茫苍天像倒悬的大海
　圆圆地球像浮动的船台
千年万载，日夜漂泊
多少人，奋力把大风帆打开

蔚蓝空间以时光作节拍
滚滚红尘靠呼吸守命脉
日出日落，生生不息
多少代，要做那命运的主宰

偌大的世界形形色色
万物诸子共与兴盛荣衰
那一沙一石都是宝
那一草一木都出彩

头顶的苍穹惺惺相惜
地上风情如画千姿百态
那一山一水都放歌
那一虫一鸟都开怀

人间的烟火袅袅飘香
生生不息千秋连襟通脉
那一家一户都多情
那一楼一台皆气派

来吧，和地球亲密相爱
爱就爱你脚底下的现在

来吧，向地球多献殷勤
爱就爱到大远方的未来
来吧，与地球同舟共济
你我联手把天使风帆升起来

2020 年 1 月 20 日深圳

第二辑 唱响东方红

# 唱响东方红

有首歌，有首传奇的歌
唱亮了东方
唱红了山河
唱遍了全中国
"东方红，太阳升
中国出了个毛泽东"
歌声激荡在长城内外
把崇高的记忆倾情诉说

有首歌，有首流芳的歌
唱暖了民心
唱新了故园
唱旺了万家灯火
"东方红，太阳升
中国出了个毛泽东"
歌声穿越了时代星空
让不落的太阳灿烂心窝

唱响东方红啊
天地呼应，江山唱和
唱响东方红啊
人心温暖，岁月红火

2017 年 5 月 12 日贵州

# 你来了

——献给中国共产党成立 100 周年

你来了，披着风雨沧桑
启程在南湖那条红船上
你来了，蹚过烽火硝烟
报晓共和国诞生的地方

你把人民重托扛在肩膀
躬身为民，践行理想
你把春色撒满莽原山河
让古老祖国蜕变万象

你把希望号角声声吹响
砥砺前行，激情飞扬
你把大爱播种人间心田
让万家灯火越来越亮

你来了，漫漫百年时光
像吉星高照在人民心上
你留在身后的长长足迹
烙印着大书特写的信仰

**2019 年 8 月 16 日深圳**

第二辑 唱响东方红

## 百年话题

在这个五彩缤纷的花季

我们怎能把你忘记

百年啊，斗转星移

江河奔腾不息

山川日新月异

中国速度，让五洲惊叹

中国力量，让岁月惊喜

祖国古老的容颜

焕发了青春，越来越美丽


在这个百年盛世的典礼

我们怎能把你忘记

百年啊，多少话题

春风披红挂绿

阳光普照大地

谁在挥笔，为百姓谋利

谁绘蓝图，向未来开辟

谁在沧桑的岁月

让民族复兴，让生活甜蜜


忘不了你，忘不了你

感召中华儿女的那面红旗

我们跟你，我们跟你

高歌万众一心的时代旋律

2020 年 2 月 24 日深圳

# 你从昨天到明天

难忘漫漫长夜的从前
是你把星星之火燎原
让镰刀锤头结成兄弟
在一个黎明砸碎了枷锁铁链
站起来，老百姓过生活家给人足
东方红，红透了苍天

记得春风化雨的那年
是你把改革号角吹响
让沧海桑田风生水起
在一个春天复苏了塞北江南
富起来，老百姓滋润年年岁岁
中国红，红遍了老天

都说复兴路上的今天
是你把中国大梦扛肩
让故园古国充满阳光
在一个时代火红了天上人间
强起来，老百姓踏上金光大道
神州神，惊艳了高天

梦了百年，走了百年
你为东方留下传奇巨篇
从今天回到昨天
我和你结下了不解情缘
从昨天走向明天
我和你写不尽壮丽史篇

2016 年 6 月 2 日长沙

## 感恩有你

华夏的沧海桑田

东方的山山水水

都在说，都在说

唯有社会主义方能救中国


天下的黎民百姓

五十六个民族兄弟

都在唱，都在唱

没有共产党就没有新中国


解放路，改革路，复兴路

百年风雨历程祖祖辈辈都走过

站起来，富起来，强起来

百年沧桑巨变城乡村寨都经过


你来了，漫漫复兴梦圆

饮水思源，我们感恩在心窝

你来了，祖国山欢水笑

吉星高照，中华幸运的凯歌


2021 年 3 月 20 日深圳

## 依然是你
### ——庆祝七一建党日

你百年风雨留下的足迹
像伫立百姓记忆的丰碑
你的昨天、今天和明天
在眼里，在心里，在歌里

是你带领我们
翻越雪山，蹚过草地
让一个多难的民族
站起来，迎接东方晨曦

是你率领我们
重整山河，改天换地
让春风化雨的故园
富起来，捷报频传惊喜

是你引领我们
把握命运，改变自己
在民族复兴的路上
强起来，大写中华传奇

是你啊就是你
用风雨不改的初心
牵手我们，鱼水相依
把温暖的阳光洒满四季

是你啊还是你
用百折不挠的奋进
感召我们，同舟共济
让追寻的幸福触手可得

是你啊总是你
用千锤百炼的意志
挥展巨擘，绘制宏图
让大地勃发生机

太多太多的美好回忆
让我们在向往中难忘你
一起走来的岁月多情
让我们常生念想感恩你

亲爱的祖国越来越美丽
我们热爱的依然是你
百年的梦想一定会实现
我们跟随的依然是你

2022 年 6 月 28 日深圳

# 人民代表

红彤彤的国徽佩戴在胸襟

我的生命与祖国血肉相亲

听到了故乡的心跳

感受到乡亲的体温

我从人民中来

不忘土生土长的老根

我到人民中去

那是风雨无阻的行程

我要代表人民

诉说梦想成真的美好愿景

让万家灯火灿若满天繁星


红彤彤的国徽佩戴在胸襟

我的心灵与祖国贴得更紧

肩负起神圣的使命

用感恩发展民生

我从人民中来

带着千家万户的呼声

我到人民中去

那是花好月圆的追寻

我要代表人民

呼唤振兴中华的时代强音

让温暖阳光照进百姓梦境

家乡的山歌心咏不停

桑梓的地气滋润我身

人民的代表，人民的子孙

满怀父老乡亲厚望深情

人民的代表，代表着人民

满腔热血只为家国好运

与人民同心，与祖国同行

我为庄严的承诺无愧后人


2018 年 2 月 1 日深圳

（易新南、田地）

# 你在哪里
## ——怀念毛泽东主席

这些年来
老百姓还在热议
热议一个崇高的话题
千言万语说不尽你

多少年后
老百姓还会追忆
追忆一个伟大的传奇
千山万水回响着你

当年的挖井人，你在哪里
我们追寻你的足迹
从长征路上到进京赶考
到处都留下你满满气息
你点燃星火，报晓黎明
用血与火将万里江山洗礼
想起你的丰功伟绩
高山仰止，江河肃立

当年的播种人，你在哪里
我们寻遍你的踪迹
从天上人间到百姓记忆
到处都留下你悠悠神奇
你像一轮太阳，温暖大地
让古老的华夏在东方屹立

说起你的恩情夙愿

苍松肃穆，云涌潮起


你在哪里，你在哪里

我们怀念的深情穿透年年岁岁

你在哪里，你在哪里

我们追寻的脚步化作最美的声音


啊！你没有离开

你在我们的泪里

你在我们的歌里

你在祖国珍藏的史记

你在亿万民心伫立的丰碑


啊！你没有走远

你在我们的心里

你在我们的梦里

你在莘莘学子的画笔

你在我们走向明天的晨曦


2016 年 12 月 1 日深圳

## 走近你

——参观韶山毛泽东纪念园

轻轻地走近你

静静地瞻仰你

时光肃穆

心在抽泣

经过血与火的洗礼

梦中的山河焕然壮丽

你的风采依然那么迷人

你的故事总是那么传奇

像沐浴温暖的太阳

日出辉煌，日落留辉


久久地仰望你

默默地吟诵你

苍松肃立

心往身随

走过黑与白的世纪

绵延岁月不老的记忆

你的雍容化作一座高山

你的气息变成滚滚惊雷

像拜读史诗巨卷

胸海壮阔，潮落潮起

……

2018 年 8 月 16 日韶山

## 唱起浏阳河

浏阳河弯过了几道弯
江水滔滔后浪越从前
风传情，浪卷花
把一个传奇的记忆流淌人间

浏阳河，浏阳河
歌声悠悠岁岁年年
爷爷奶奶唱，翻身农奴歌
千家万户唱来了花好月圆

浏阳河，浏阳河
心心相印口口相传
多少岁月情，多少人间爱
千言万语化作了山笑水欢

又唱浏阳河啊
把我无尽的思念倾诉到天边
再唱浏阳河啊
让我甜蜜的梦想寄托到明天
啊，浏阳河
啊，浏阳河
……

2017 年 4 月 19 日深圳

## 怀念

——纪念邓小平诞辰100周年

难忘那个踏梦的早春

你带着微笑走来

你满怀希望走来

你指点江山，激起春潮滚滚来


难忘那段寻梦的岁月

你走遍长城内外

你播种人间真爱

你妙手回春，描绘了一个金色时代


你栽下的高山榕长成材

你牵挂的同胞回家来

你寄情的人民意气风发

你深爱的祖国如今更豪迈


怀念你，日月辉煌与你同在

怀念你，相思年年更如高山大海


2004年3月5日深圳

## 梦难忘 情难忘

阵阵风沙席卷着黄土高坡
尘封不了难忘的岁月难忘的歌
滔滔延河奔流在原野阡陌
把当年神奇的故事深情地传说

天难忘，地难忘
红太阳从这里升起在百姓心窝
千年梦从这里揭开雄壮的序幕
金戈铁马从这里重拾黑暗山河

山难忘，水难忘
清风明月在这里凝成民族魂魄
鱼水相依在这里交融举世楷模
镰刀锤头在这里锤炼华夏主心骨

梦难忘，情难忘
《延安颂》依然是一首高唱的长歌
山丹丹还是我们心中盛开的花朵
宝塔山永远是神州高矗的星座

2011 年 1 月 16 日深圳

## 纪念碑

走近高高的纪念碑
眼中滚烫追思泪
散去的硝烟战火
卷走了多少青春玫瑰

仰望巍巍的纪念碑
鲜花礼炮献给谁
远去的险关疆场
我为你几度隔空举杯

记得嘹亮的冲锋号
激发热血男儿殊死追
记得坎坷的进城路
盼得金戈铁马凯歌归

今天追寻的振兴梦
化作花好月圆故乡美
回望长长的赶考路
再盼初心如钢大军回

默默无言的纪念碑
岁月动容，松柏肃立
你把血与火的史诗
铸成千秋万代的记忆

高高仡立的纪念碑
英雄转身的脊梁背影
今天家国的岁月静好
难忘你负重前行的足迹

更喜头上日出月归
和着风云牵挂这座丰碑
它在昨天与明天间
高扬着一股浩然正气

2019 年 9 月 2 日深圳

# 再唱红梅赞

想起红梅花儿开

一缕清香扑面来

唱起红梅花儿开

一种情思满胸怀

当年冰霜踏雪人

铁骨丹心魂犹在

百花凋零何所惧

孤芳风雪中，凛然山水外


说起红梅花儿开

一片春光正涌来

再唱红梅花儿开

一股气节化风采

千里冰霜风雪路

后人接力把花栽

岁月沧桑自从容

丹心向阳开，根基扎红岩


2017 年 11 月 8 日深圳

第三辑　诗词耀中华

## 诗词耀中华

东方神州生生不息

五千年深耕厚积

《诗经》醇和，《楚辞》华丽

乐府恢宏，唐诗飘逸

宋词元曲绵延明清

起承转合，如梦如醉

横亘古今的心曲彩虹

薪火不断代代接力


诗词曲赋字字珠玑

演绎着风流美丽

大风起兮，老骥伏枥

南山采菊，西边故垒

宛如滔滔大江东流

奔腾回荡，跌宕逶迤

诗仙词圣的低吟浅唱

银河星灿光耀大地


啊，远去的天问绝唱

咏叹在华夏故里

啊，今人的诗和远方

旷古着吟哦传奇


2018 年 10 月 3 日深圳

# 我爱母语

我的母语来自天地中央
东方神州是她发源故乡
风雨沧桑，泱泱万年
斯文传奇像那日月辉煌

我的母语一副方正模样
四声音调是她旋律韵像
横竖撇捺是她身材形体
字词句章是她系列霓裳

青铜皿见过她闺秀容妆
竹简上读过她史记万象
丝绸里感受她风韵情长
水墨间领略她神采飞扬

都说打开这方众妙门窗
方才让你见识天地玄黄
都说捧读如山似海文章
方可许你阅尽人生风光

说起母语格外亲切豪放
品起她来让人意味深长
写起母语犹如行云流水
想起她来心灵开窍流芳

母语式悠久她博采众长

母语铿锵她可歌可唱

倘若踏上她的字句词行

你如有了世间神奇魔杖


通达天下她是无形桥梁

千古文明她像不老脊梁

岁月悠悠她在默默相伴

总在人间传播美好希望


感恩她啊我的智慧乳娘

她让神州大地告别蛮荒

感谢她啊我的生命膏粱

她让天下同胞通灵善良


我爱她啊我的母亲奶娘

她让华夏儿女襟怀宽广

难忘她啊我的母语典藏

她让千秋万代昌明远方


2019 年 9 月 15 日深圳

# 汉字乐趣

它从结绳点石萌起
走向龟背甲骨发迹
它借青铜竹简表述
又凭活字印刷传奇

它从来世久逾年岁
磊落走进青史古碑
正楷行草篆刻隶书
潇洒不尽风流绚丽

点横撇捺工整标记
平平仄仄读出韵律
同字听来不同音声
同音读出不同气息

有事用它描绘记忆
有爱借它传情达意
有景靠它添辉加彩
有梦由它妙思巧计

都说它是无言传媒
都说它是黑暗星辉
写读之间人生走运
越用越灵增添智慧

笔下生花，字字珠玑
老祖宗留下传家宝贝

那身方方正正的风骨
传承了多少道德仁义
你写我抄大家读啊
通古烁今，经天纬地

2019 年 8 月 11 日深圳

都说你像浓缩的天地
把大千世界悉数汇集
都说你是留痕的潮汐
让岁月流年变成传奇

都说你像丰盛的筵席
让代代学子分享智慧
都说你是远望的宝镜
让苍穹四海不再神秘

因你扫荡天下蛮荒愚昧
人间有你耕播深情厚谊
岁月用你叠彩雨季花季
未来由你携手憧憬模拟

千山万水因你充满诗意
东西南北因你同乐共趣
春夏秋冬因你追星赶月
世世代代因你薪火传递

我的人生是你筑高打底
我的灵魂由你升华洗礼
我的世界有你充实添彩
我的生命因你熏陶完美

书籍

每次捧读都是一次幸会
每页翻阅都是一回陶醉
每一典故都是一番传奇
每行字句都是一道美味

啊！尘封孤寂的书籍
我是你长年追寻的痴迷
啊！厚薄不一的书籍
你是我今世永远的伴侣

2019 年 8 月 9 日深圳

尚有《诗经》

是谁伴随我
月下吟哦煮酒
春来邀友踏青
天涯追梦去远行

是谁陪同我
倚窗仰叹乡愁
江湖挥泪驰骋
家国春秋添豪情

是你助兴我
潋滟山水丽景
陶醉烟火风云
柳暗花明又一村

是你梦游我
相思缕缕无眠
遥望十里长亭
红尘放歌慰痴心

开卷与你神游
星光启明常惊魂
终身与你不离
厚重如山老《诗经》

难忘有你神韵

老书新读意无尽

感恩有你开慧

让我愚生变达人


世人常读《诗经》

岁月处处醉歌声

人间传诵《诗经》

可望天下皆斯文


《诗经》啊《诗经》

你是远古传奇的明灯

《诗经》啊《诗经》

你是未来闪烁的星辰


2020 年 2 月 2 日深圳

在一卷唐诗里徘徊
聆听那代诗仙的低吟浅唱
在一阕宋词里探幽
呼吸当年词圣的翰笔墨香
走进清明上河图茶庄
轻抚琴弦叹岁月流淌
南山采菊，西边故垒
又见李白杜甫把盏身旁
我推开窗棂眺望
山外连山，天上重天
风悠悠，云悠悠
焉知身在何岁何方

在玉门西关前徜徉
领略长河落日的千里风光
在瓜洲渡口边流连
寻思烟雨石巷的残梦沧桑
放马大漠黄沙中穿行
追寻茶马古道的风霜
举目眺望，踏梦远方
重见星灿大地银河回荡
我独酌瓦壶老酒
黄花弄影，幽古怀乡
月朦胧，人朦胧
醉红千年求索眸光

第三辑　诗词耀中华

饮不尽唐诗宋词浓浓醇香
吮不够元曲清赋幽幽芬芳
字字珠玑，曼妙玄黄
都在我的心中吟哦咏唱

我乘唐风宋韵撑开油纸伞
寻找红楼旧梦的依稀模样
那时的天，那时的地
还有那时人的生息万象

我借水墨丹青挥毫诗词情
倾诉诗经词典的乐趣情长
那时的梦，那时的歌
还有那时爱的风流天问绝唱

2018 年 3 月 6 日深圳

## 香火遗风

下南洋，闯欧美

走遍天涯不忘故乡老祖籍

写方字，看中医

从小爱读四书五经弟子规


崇孔子，敬黄帝

一生信奉修身齐家重情义

爱书法，拉京胡

喜闻乐见唐诗宋词品京戏


最爱泼墨丹青绘天地

太极八卦乐与举棋相博弈

良辰吉日翻翻老皇历

端午中秋合家团圆守除夕


为人处世温良恭俭让

家和万事兴都认这个理

龙飞凤舞香火代代传

五千年文明遗传骨子里


2019 年 2 月 24 日深圳

## 国粹

紫红色大幕拉开
开场锣鼓声声热骤
这方小天地啊让你
眼花缭乱，美不胜收

台上生旦净末丑
活现世上忠奸善恶丑
四击头，长髯口
出将入相花脸谱
满堂喝彩震天吼
挑花枪，翻筋斗
绝活招式显身手
西皮二黄，一眼一板
铿铿锵锵，万千节奏
世上百态样样有
唱火人间爱恨情仇

梨园唱念做打走
演尽人生悲欢离合愁
舞水袖，上高楼
袍带紫冠走方步
才子佳人将相侯
渔阳鼓，满江红
京韵京腔伴京胡
挥鞭策马，摇桨行舟
缤纷舞台，粉墨春秋

大幕开启古今秀

国粹呈祥光耀九州

台上戏，真功夫

绝活特技金嗓喉

中华国粹数百年

今朝舞台更风流

2019 年 11 月 29 日深圳

## 壮怀诗魂

你走出秭归的飘香橘林
筚路蓝缕，披发行吟
你满怀热血慷慨悲歌
用生命撩发九州诗情
诗发了硕果累累的秋
诗兴了万紫千红的春
诗意了五湖四海的心
诗书了塞北江南的景

你听乎竞渡的龙舟桨声
炎黄儿女，狂飙奋进
你身后诗潮澎湃激荡
让诗魂传承华夏子孙
诗醉了花好月圆的梦
诗史了日出日落的韵
诗亮了沧海桑田的道
诗旺了故国家园的运

《离骚》远去，灿若星辰
《天问》发聩，直贯苍穹
《怀沙》不老，如山长青
《九歌》屈赋，气贯古今
归去来兮，我们的诗魂
上下求索，我们的诗心

2019 年 6 月 11 日深圳

## 橘颂端阳

谁说《离骚》过后无《离骚》

谁说《天问》过后无《天问》

当年《怀沙》抱石沉怀沙

人间九歌未央唱《九歌》

听啊，亦余心之所善兮

壮哉，虽九死其犹未悔

何惜路漫漫其修远兮

归去来兮，上下求索


都说粽香年年飘粽香

都说雄黄喝过醉雄黄

欣逢端阳岁岁度端阳

侧畔龙舟奋发竞龙舟

看啊，大风起兮云飞扬

鲜见百姓门前挂菖蒲

屈子离骚惊天非绝唱

汨江逝水，万古流芳


**2019 年 6 月 7 日深圳**

## 母校

多少次回眸远眺
总想释怀那缕魂牵梦绕
雏燕在那里筑巢
启蒙在那里开始
青春在那里锻造
未来在那里素描
啊，母校
忘不了解惑的三尺讲台
忘不了励志的校园歌谣
你捻点于心的火苗
在我的生命中抱薪燃烧

多少年回忆美好
总想感恩那盏启明烛照
视野从那里聚焦
理想从那里垒高
情怀从那里出窑
人生从那里起跑
啊，母校
放不下学子的温暖怀抱
道不尽放飞的感动心跳
我是你枝头的桃李
总想为你传来春天捷报

母校啊母校
无论我在何时何地

毕业合照就是精神背靠

即便我踏遍天涯海角

以你自豪，为你荣耀

2018 年 11 月 24 日深圳

（易新南、单协和）

## 四季如歌

一元复始，大地梳妆
春风捎来花团锦簇的景象
万物复苏，莺飞草长
宛如嘉年的前奏乐章

夏天来了，蝉鸣鸟唱
红红火火的人间妖娆酣畅
爱与相随，筑垒梦想
夏之恋曲从心底飞扬

枫红草黄，丹桂飘香
秋风盈盈让大地漫卷太阳
挥镰堆垛，颗粒归仓
丰收歌谣与田园交响

大雪纷飞，素裹银装
红梅花儿在枝头傲雪凌霜
新年钟声，悠悠远方
迎颂岁月的风韵情长

四季如歌，无言诗行
从从容容流淌在人间天上
歌飘四季，行吟城乡
浩浩荡荡接力着未来希望

2019 年 11 月 9 日深圳

也许山高水长不能相依

那就收拢心思去日夜想你

也许日月如梭不能相伴

那就钻进梦里去拥抱欢聚

让思念化作无尽的甜蜜

让眷恋变成无眠的慰藉

像一个个风情万种的飞吻

隔空传递着你我的私密


也许月朗星稀向隅面壁

那就借助风流的诗意接力

也许流长飞短蹉跎叹息

那就如鱼得水把诗魂编辑

让诗兴勃发山花般诗意

让诗情凝结金秋的诗集

像一阵阵温润盎然的春风

永远拂荡在我们的心里


诗意如情人，情人如诗意

那是人间最好的心头知己

诗集像情人，情人像诗意

那是天上最美的比翼齐飞


2015 年 10 月 19 日东莞

## 茶趣茶乐

煮一壶热茶
把经年往事渗满
凝神静气慢饮细品
那人那事又回到眼前

泡一杯浓茶
把未了情缘斟满
和着情思用心韵味
温暖温柔又回到身边

邀一帮朋友
把千言万语泡满
啜茶论道尽兴海侃
多少故事又回到心间

择一段时光
把来时遗梦煲满
抿茶温吞浮世百态
往生来世又遨游一遍

沏茶功夫香外闻香
饮茶乐趣味中品味
小酌仙汤温润心境
曼妙时光风雅平生

喝茶品茗可浓可淡

嗜茶人生亦苦亦甜

茶壶气息也大也小

茶杯乾坤很妙很玄


茶道醒悟迷津洞天

茶境蹚平江湖深浅

茶趣乐了朋友圈圈

茶香滋润岁岁年年


茶趣乐，茶市欢

茶山的情歌成串串

茶友多，茶话酣

人间茶水兴波涌浪欲滔天


2022 年 4 月 2 日深圳

第四辑　火红的岁月

## 火红的岁月

走过了一个又一个年轮
来到夕阳圈留下银发身影
多少往事已然风轻云淡
唯有生命如火的历程记忆犹新

那些年脊梁坚挺
那些年眼神很纯
那些年在旗帜下牵手
我们与祖国同呼吸共命运
为了改天换地的承诺
秀山河，拔穷根
老馒头咽咸菜的日子
依然撸起袖子干得有劲
那时为了改变命运
我们像孺子牛奋蹄耕耘
那段火红的岁月啊
苦也罢，累也罢
我们燃烧着一股子激情

那些年肩有传承
那些年心有精神
那些年共同追寻梦想
我们同祖国闯新路图复兴
为了花好月圆的明天
奔小康，创富强
你加班我赶点地拼活

谁曾伸手多拿半点分文

那时为了盼头向往

我们与祖国去赶月追星

那段如歌的春秋啊

得也好，失也好

我们一片丹心奉献赤诚


那些年不觉消逝了青春

丈量生涯的只有一串脚印

看那通天大道的铺路石

宛如我们为筑梦叠彩的落英

要问那时为啥总在风雨兼程

夕阳里传来我们朗朗的笑声

因为对家国爱得深沉

还有心头满满的感恩

我们无悔啊我们自豪

我们是那个年代那样的人

一个个大义如天，忘我舍命的人


2021 年 11 月 13 日深圳

## 赤脚医生

你的身影穿行在街头村尾
为千家万户送去浓浓春意
你在人生路上高卷起裤腿
风风雨雨中为人排忧解急

你的肩膀承载着万千嘱托
为父老乡亲平安牵挂于心
你的双脚在泥泞坎坷磨砺
为人间天地呵护沧桑生命

顾不上擦净双脚斑斑血渍
沉下心思扎根在村寨乡里
任凭那春秋草木几番轮回
默默奉献创造着生命奇迹

苍天看着你，大地念着你
你的一片仁心岁月不会忘记
你是灵芝草，你是小吉星
你的赤脚深深印在我们心里

2020 年 5 月 3 日岳阳

# 足迹

岁月悠悠，谁还在乎足迹
过客匆匆，谁还回望足迹
其实，那道人生历程印记
常常回眸，了然读懂自己

身后留下的累累足迹
深深浅浅，亦步亦趋
没有浪花奔腾的诗情画意
却是苦乐年华的踮芭蕾

身后隐藏的无言足迹
历经风雨，饱含汗滴
没有长空流星的惊鸿绚丽
却是书写命运的神奇手笔

无声无息的长长足迹
个中情节曲折，惊叹如谜
你让所有目光消失距离
把万水千山降伏在脚底

无怨无悔的串串足迹
一路艰辛走来，充满悲喜
你让多少追寻不是话题
任春华秋实纵横在大地

也许人生如梦有心无意
用步履详尽写下生平笔记
岁月铺长卷，脚下解命题
故事起承转合几多章回

也许往事如烟沧桑无奇
用步履真实素描生命丰碑
我从哪里来，我到哪里去
大地任尔留痕年年岁岁

每当花好月圆举起酒杯
忘不了如斯如歌的那溜拾忆
抬脚向前方，落脚在当下
步步铿锵踏梦在我心里

啊！我那拾梦来时的足迹
啊！我那生命留痕的足迹

2017 年 3 月 2 日深圳

都说它是人间的吉祥数
把它读成时光的欢乐谱
都说它是岁月的传奇数
把它当成心中的追梦步

其实它还是一道公约数
人人都在口头念心上有
从掂量柴米油盐酱醋茶
到扳着指头饮尽杯中美酒

三月三拉着六月六的手
掀开了大地尘封的盖头
耕耘沃土，播撒希望
让种子把心愿怀到遥远的秋

六月六靠着九月九的头
接力着绿色使命的追求
几番风雨，几经沧桑
让骄阳把热情献给前方的秋

春恋着夏，夏爱着秋
秋的喜悦是春的酿酒
春依着夏，夏挽着秋
秋的硕果是夏的成熟

好一个心连心的三六九
让梦想拥抱大地的丰收
好一个手拉手的三六九
让岁月潇洒着金色的风流

2015 年 9 月 22 日东莞

## 老歌

都说老歌是个宝
唱着它特别养心健脑
你唱过，我唱过
唱起来让人重返年少

老歌年代渐老
唱上口蛮有味道
老歌虽然变老
听起来更有情调
歌声里的故事
正是你我的寻找
她像怀旧的陈酿老窖
口咏心鸣，激情燃烧
那些与青春共舞的旋律
你唱我和，血热心跳
记得当年唱着《敖包相会》
让我俩走进幽会的小道
老歌啊老歌
成了我姻缘的红娘月老

老歌越来越老
唱开来余音缭绕
老歌其实未老
品进去记忆归巢
故园里的恋歌
相逢重温的怀抱

她像渴望的老井甘泉

曲不离口，返老还俏

歌声与苦乐年华再相逢

梦中吟哦，手舞足蹈

如今读读好书唱唱老歌

养成我风雨人生的嗜好

老歌啊老歌

血管里流淌的欢乐歌谣


情怀不老，歌喉不老

唱出诗意人生，心高气傲

岁月不老，老歌不老

唱来花好月圆，山欢水笑


2018 年 10 月 26 日深圳

## 老影集

翻开老影集

重逢在往昔

曾经远去的面容

又鲜活在眼里

从前欢乐的时光

又共享在一起

当年情景，成了故事

同框的你我已经久违

孤帆远影的我

常让泪花模糊了你

啊！那时的我

啊！那时的你


合上老影集

掩不住记忆

一杯陈年的老酒

又弥漫在心里

一段拾遗的经历

又鲜活成话题

回味昨天，依然惊喜

多少次期盼幸福相聚

岁月长河的我

再邀来年举杯同醉

啊！此时的我

啊！此时的你

老影集，是宝贝
定格了岁月，保鲜了情谊
好好收藏在箱底
其实珍藏在心里
它好像一架老唱机
播放的都是老歌曲
首首让人回味着甜蜜
它又像一部放映机
直播的都是老故事
幕幕回放着青春续集

捧起厚重的老影集
拾回飘落的青春花絮
一朵朵，一帧帧
让我们重返来时的自己

2018 年 9 月 12 日深圳

# 读读自己

岁月带不走记忆
山河隔不断回忆
翻翻泛黄的照片
搜寻过去的悲喜
尝尝忆旧的饭菜
领悟做人的滋味
那情，那景，那笑声
梦里不知醉倒多少回
追寻走过的足迹
更是摸索未来的轨迹
在时光隧道里穿梭
怀旧是为了读懂自己

历史老不了思绪
生活腻不了回味
哼哼童年的儿歌
重温模糊的梦境
摆摆从前的故事
徜徉久违的天地
那人，那事，那遭遇
心里总是健谈老话题
召唤历史来回顾
也是展现未来作描绘
在历史长廊中漫步
温故是为了把握自己

读读自己

回眸来时路上我是谁

读读自己

捻亮未来追梦去哪里

读懂自己

人生自信需要老功底

也许这里才有了不起

读懂自己

珍惜生涯走来不容易

把握命运之神在手里


1999 年 3 月 3 日深圳

记得童年放牛
我有一个梦想
天天骑在牛背上
使劲吹响竹笛
把山歌传遍四面八方
让布谷鸟有人在伴唱

记得少年夜读
我有一个梦想
借风飞到高天上
多摘几颗星星
把全村人的夜晚照亮
让萤火虫节省点光芒

记得青年成长
我有一个梦想
做人做事在道上
人言口碑好听
把奖章献给恩师高堂
让担当故事写满善良

记得青春情长
我有一个梦想
娶回心爱的姑娘
过上甜蜜日子

愿执子之手沁满幸福
把家族薪火传承远方

记得中年时光
我有一个梦想
家国春秋扛肩上
多做公益善事
在未了情处有我垦荒
愿这辈子活出个模样

如今老年夕阳
我有一个梦想
尊严活在人世上
有爱陪伴身旁
在风烛下听到我歌唱
愿心曲声声没有忧伤

其实有生以来
我有个大梦想
苦乐不辞精神爽
甘愿生命修行
让我的灵魂不再流浪
愿身后足迹留下念想

曾经人间沧桑
不忘来时梦想

串成生涯的华章

我不惜血和泪

让生命之树花果飘香

愿回首一生笑声朗朗


2021 年 12 月 12 日深圳

# 故事演义

人生就是一串故事
贯穿在年年岁岁
故事里的千姿百态
有苦有乐，有喜有悲

人间处处都是故事
发生在随时随地
故事里的大千世界
有是有非，有血有泪

故事含着古今中外
故事演绎春秋四季
无论谁的悲欢离合
都在故事里呐喊呼吸

故事讲得眉飞色舞
故事听得痴情入戏
无论你在南北东西
故事总让人心旷神怡

老人讲述的故事
让我听得有滋有味
书中描写的故事
让我读得着火入迷

身边发生的故事
让我遇到鲜活课题
自己卷入的故事
为我丰富人生阅历

当我走进了故事
　见识了多少惊艳传奇
当我成为了故事
收获了好多智慧真理

说起最难忘的故事
要数当年的竹马青梅
虽然没成同框的爱
如今还滚烫我们心里

还有你我他的故事
让我领受了真爱善美
我自己演绎的故事
还在继续着倾情续集

啊！故事里的故事
让我快乐，如梦如醉
啊！故事外的故事
让我成长，终身受益

2020 年 2 月 1 日深圳

## 忘忧草

多少话欲说还休

多少事欲罢难休

曾经追风在河之洲

也曾追梦到山之丘

不问花开何方

不惜叶落何处

像一棵孤独的忘忧草

守望人间，苦恋故土

在日落月升间

不媚俗，自清秀

任凭岁月匆匆

随风共舞生命音符

何曾在乎多少绿肥红瘦


多少次涌上波峰

多少次跌落浪谷

总把泪水酿成美酒

且让残梦化作脚步

嘴里吞咽甘苦

心头描尽蓝图

像一棵孤芳的忘忧草

爱也悠悠，情也悠悠

在风雨洗礼中

不染尘，自风流

柔心淡定不改

与时共乐阳春金秋

根不离弃脚下贫瘠泥土

我在梦想中追逐

也曾扪心拷问无数

时常喟叹命运涩苦

可曾像草木不计荣枯

总为生活悲戚多愁

可曾像草木盎然忘忧

啊，忘忧草

你把绿色献给大地花簇

啊，忘忧草

你是我生命不息的风骨

忘忧草，忘忧草

你的无声纵情在我的歌喉

2022 年 3 月 30 日深圳

# 作别扁担

小小扁担赤条三尺三
中间扁扁，两头尖尖
家家都有，人人都用
那时你是人间苦力仙

难忘我和你结成伙伴
隔三岔五，不离身边
出门在外首先携带你
多少重活常在肩头颠

你毅然挺腰负重向前
扛来了古今岁岁年年
你一生颠簸风雨沧桑
挑尽了万家柴米油盐

你面对苦难沉寂无言
忍辱承担了离合悲欢
你伤痕累累汗渍斑斑
默默造福了烟火人间

不知不觉你归隐昨天
为世人留下薪火情缘
也许你不再弥足千斤
忘不了你曾义薄云天

如今你在故事的那边
为未来横亘励志画面
虽然你在岁月中消逝
忘不了曾经挑苦担甜

我多想为你唱首歌谣
我多想为你许个心愿
再见了远去的老伙计
怀念你就像感恩老祖先

啊！受苦受难的扁担
啊！依依作别的扁担

**2019 年 5 月 1 日深圳**

## 未来，请不要失约

每一次仰望茫茫的长夜
多想让视线拴住流星岁月
每一条奔向未来的思路
总是在风雨兼程从不停歇

熙熙攘攘的大千世界
奈何不屑向心愿倾斜
多少花开眼前的摘果
遭遇无形之手捉弄拦截

太阳升起，金光洒满视野
月亮出来，梦乡重逢风雪
谁与我同在命运中狩猎
让灵魂展翅领略每个季节

纵然梦里梦外变幻莫测
也许绽放的花朵变成落叶
前方的未来，请不要失约
我的足迹写满时光的每页

2021 年 2 月 26 日深圳

又回童年

哦，难忘的童年

我从那里走到今天

搭上记忆渡船

又回到久别的岸边

喜鹊当头叫

黄狗身后撵

那时的山水依然浮现

那时的炊烟好香好馋

那时的伙伴啊

好亲好玩好乐好欢

徜徉在童年小道

青梅竹马走出隐藏心间

好像羊角辫姐姐（二愣子小胖）

又牵手在我的左右身边

忘情焉知此时是何岁何年

哦，远去的童年

我从那里起飞的故园

借条时光隧道

又回到梦中的从前

鸟儿乡间绕

燕子返家园

那时的山花好美好艳

那时的山歌好听好欢

那时的月亮啊

好大好亮好近好圆

沉醉在家乡的怀抱
手舞风车走来岁岁年年
风流秧歌扭社戏
快乐的心忘乎天高地远
好像踏青在花季雨季春天

又回童年，又回童年
念想间转过身来打个转
踢毽子，滚铁环，捉迷藏
童年的故事晒出一串串
童年的故事，童年的儿歌
津津乐道，久久留恋

童心在，总有可爱的童年
童趣乐，总有回春的童颜
老顽童的你，少女秀的她
返老还童心中自有渡人船
将身流连在童话世界
天天快乐我们就是活神仙

2017 年 12 月 8 日深圳

第五辑　我从深圳来

# 我从深圳来

一个春天的故事
走进了那段难忘的年代
一方边陲的热土
沸腾了弄潮儿女的血脉
一夜筑城的神话
惊艳了五彩缤纷的世界

我从深圳来
踏着浪潮海韵的节拍
惊涛拍岸的风光
更显敢为天下先的气概
当年南海的孤帆远影
如今远航到五洲天外

我从深圳来
带着南疆滨海的风采
当年画圈的地方
多少捷报蔚成传奇景
从前的那片荒滩渔火
如今繁星般流光溢彩

我从深圳来
迎着东方故园的青睐
梦想成真的传奇
再添天网 E 时代的酷派

当年的那出渔舟唱晚

如今呼啸着海湾澎湃


我从深圳来

这里温暖的春天常在

来了就是深圳人

梧桐山天下凤凰结伴来

徜徉流连在大街小巷

青春之城勃发靓和帅


我从深圳来

留下昨天自豪的喝彩

背起行囊再出发

不负大湾区潮涌的期待

像烂漫盛开的簕杜鹃

火红追赶太阳的情怀


我从深圳来

歌在心中嗨

多少感动化作无言的爱

我总想向着祖国报告

这里的未来已经到来

我追寻的诗和远方

就是迎面的星辰大海


2017 年 9 月 22 日深圳

## 自豪的追梦人

任凭花开花落，斗转星移
总是难忘心中滚烫的记忆
我多想告诉你一个东方传奇
我多想分享你一个人间奇迹

记得那个乍暖还寒的春季
我和百万追梦人赶到南疆
就在祖国庄严画圈的地方
我们挽起了挑战命运的双臂

难忘蛇口那声开山炮冲天而起
回响在海湾，激荡了天际
从此拉开了一个时代的序幕
迸发出积攒太久的一个个惊喜

曾记得，迎着海湾阵阵潮涌浪击
挥手间，一座青春之城昂然伫立
风灯渔火，荒涂沙滩，月落乌啼
如今都成了海湾风情的幽古寻觅

我想请你，翻读热土的史诗画集
追溯风口浪尖上的惊险花絮
听听敢为天下先的风流歌谣
端睨举世瞩目的一夜城之谜

我想请你，探访星罗棋布的工地
看看一沙一石筑梦人身手魅力
体验时间就是生命的赛跑博弈
触摸流光溢彩背后的斑斑汗渍

我想请你，徜徉百里深南大道
仰望擎天大厦与梦想一同升起
遛一遛大街小巷的迷人夜晚
感染来了就是深圳人的和谐气息

我想邀你，参加高新科技交易会
五洲四海，万商云集
惊艳琳琅满目，感叹争艳斗奇
见证小小村镇走进世界的目光里

我想约你，看看湾畔的海天迤逦
一同巡礼惊涛拍岸的诗情画意
扫描大湾区鸣笛启航千帆接力
惊鸿大鹏鸟携梦破浪振翅腾飞

我还想告诉你，多少次大幕开启
在这里高奏伟大时代的动人旋律
当年传颂在海内外的春天故事
又在这里铺开崭新的画卷续集

幸运啊，当年追风的破冰之旅
梦想成真无愧挥洒的汗水泪滴
自豪吧，激情燃烧的一代青春
宛如海上升起的彩虹恢宏绚丽
多少心头激，在梦里，在爱里
感恩祖国让我们成长在春风里

2022 年 2 月 1 日深圳

## 簕杜鹃　别样红

草根生发竞葱茏

激情燃烧绽芳容

浑身偾张皆血性

万紫千红敢称雄


枝蔓人间舞火龙

叶飘楼台挂灯笼

花开大地铺红毯

簇拥天边叠彩虹


簕杜鹃哟啼血红

火了春天的故事南来的风

簕杜鹃哟别样红

美了东方的热土追逐的梦


2015 年 4 月 23 日深圳

# 寻梦之旅

## ——庆祝深圳经济特区建立 40 周年

多少回我从远方走近你
领略南疆明珠的风采魅力
看看昨天的渔村踪迹
聆听春天的故事传奇

多少次我在梦中追寻你
求解一夜之城的神奇奥秘
撩开浪花般朦胧面纱
感受破茧化蝶的惊喜

我手捧着鲜花献给你
拥抱风口浪尖的先锋劲旅
擦干拓荒的汗渍风尘
与你共享春天的巡礼

我点燃了蜡烛庆贺你
共和国骄子的成年周岁
祝贺青葱岁月的靓丽
把惊鸿变成永恒记忆

哦，寻梦贴近了我和你
哦，踏梦把心留给了你

2017 年 8 月 28 日深圳

## 深圳的风

你用无形的脚步
引领青春的向往
追随春天的故事
融入时代的垦荒
在挥汗如雨的岁月
在枕涛思恋的梦乡
你用化雨的春风
拥抱弄潮的儿郎

你用无言的柔情
共度我们的时光
分享每一份欢乐
陶醉每一次歌唱
在流光溢彩的街巷
在整装待发的新航
你用扬帆的季风
伴我走向那远方

深圳的风啊别样情长
我的身上总有你的清香
深圳的风啊魅力无疆
我的心上总有你的气场

2017 年 9 月 8 日深圳

（易新南、单协和）

## 热土情怀

来到南方这片热土

为了一个梦想追逐

如一幅孤帆远影

向着前方的彼岸加油

夜深人静的时候

遥望故乡，对月叙旧

心中漂泊着几分孤独

当年的那颗初心

仍在潮起潮落中相守

留在身后的眷恋

借与大海浪花悠悠倾诉

待到重逢的金秋

我要与你一醉方休


走在南方这片热土

总有一种向往追求

像遍地箭杜鹃花

绽放青春的狂野风流

风口浪尖中走来

汗衣裹身，没有回头

多少弄潮人远方飞舟

明天的憧憬感召

又在千帆远航中竞秀

我以满腔的情怀

走向海湾大潮踏浪信步

心中飞出的歌声

将与岁月蹁跹起舞

2020 年 2 月 27 日深圳

## 风从海上来

风从海上来
浪拍喜讯来
那根纤绳是迎接的手
那边岸堤是敞开的怀
莫让脚步随水流
莫让梦想挂高台
潮起潮落也有情
浪奔浪流都是爱

风从海上来
她在等谁来
那方丝帕是挥动的手
那面笑容是温暖的怀
莫让金樽空对月
莫让心思空徘徊
聚散离合终是缘
惊涛难平万千思绪

2017 年 7 月 26 日大梅沙

# 三趟快车

## ——供港特快专列开通 48 周年

深圳城隅有个工业站的老地方
谁曾记得三趟快车的风采模样
这段落寞静卧已久的铁轨钢梁
谁还知道它从前红红火火的辉煌

锵锵，锵锵，锵锵，锵锵锵锵
这熟悉震撼的车轮滚滚声响
依然那么亲切，依然那么深长
它把我们带到那段难忘的时光

记得漫漫半个世纪的风雨沧桑
是你毅然挺身，长长的手臂脊梁
敞开襟怀，心手相携
把生命线连通到海外同胞身旁

当年，多少行者从这里南来北往
当年，多少故事从这里点燃希望
当年，多少货物从这里输向港澳
当年，多少梦想从这里腾飞远方

就是这三趟快车的昼夜奔忙
才让东方之珠的岁月滋润安康
就是这个小小的边陲工业站
接迎邓公，笑侃东方风

天知道，因为你的神通广大
祖国母亲的大爱得以纵横无疆
地知道，因为你的守望相助
这方热土让追梦儿女共同成长

星光作证，我们不曾相忘
春天的故事有你在倾情歌唱
更加珍惜，你栉风沐雨驶来
又将新时代的万千重任担当

今天我们站在大湾区的舞台上
一齐迎着祖国人民期待的目光
意气风发，神采飞扬
一起向着美好的未来出发远航

2022 年 5 月 17 日深圳

# 深圳界河

这条弯弯的小河
风雨兼程，绕道流过
它曾经划边为界
风云变幻，神秘莫测
河那边孤帆远泊
河这边东方航母
河那边故土一角
河这边亲情祖国
河那边咫尺天涯
河这边月圆月缺
河那边风灯渔火
河这边流光闪烁
小河啊，从前的小河
多少热泪在我梦里汇成浪波

这条弯弯的小河
默默无言，流淌如梭
如今它有河无界
多少故事，传奇诉说
河对岸东方之珠
河这面神州巍峨
河对岸紫荆花开
河这面大地飞歌
河对岸万种风情
河这面蓬蓬勃勃

河对岸枫红金秋

河这面挥镰收获

小河啊，今天的小河

一幅美图在我心中珠联璧合


这条弯弯的小河

让两岸故事静静流过

昨天涌动失散的眼泪

今天流淌拥抱的欢歌

当年唏嘘失收的种子

如今湾区缔结着甘果

啊，这条星光灿烂的小河

啊，这条情怀悠悠的小河


2018 年 8 月 24 日深圳

## 深南路

这条路很长很长
从南海惊涛连接北国风光
这条路很宽很宽
从边陲小镇纵横大地海洋
这条路啊这条路
故园寻梦从这里乘风起航
这条路啊这条路
敢为人先从这里逆流踏浪

这条路好靓好靓
看渔火滩涂变成风情画廊
这条路好神好神
像彩虹天降惊艳神州东方
这条路啊这条路
故事里的春天大写在路上
这条路啊这条路
南腔北调汇成了幸福交响

汗水凝成的深南路啊
你让热土与潮汐依然滚烫
浩浩荡荡的深南路啊
你让追梦的脚步越走越强

流光溢彩的深南路啊
你让天下的凤凰欢聚一堂

南来北往的深南路啊
你让陌生的他乡变成故乡

你是风情，也是群像
满目大厦就像拓荒英豪脊梁
你是宏图，也是乐章
大街小巷处处信步风流诗行

你是道路，也是桥梁
承载多少青春通向诗和远方
你是坦途，也是方向
引导命运之神冲破迷茫幻想

我奔走在深南大道上
心境格外开朗宛如花儿绽放
我流连在深南大道上
日出日落之间触摸未来希望

2018 年 6 月 23 日深圳

## 我爱南山

这座南山在边陲南疆
与诸南山鲜见别样
山下是潮涌逶迤的海湾
山在灯火阑珊的中央
当年蛇口的那声炮响
让我背起追风的行囊
多少次登山游览
了解他乡竞业的故乡
当我登上巍巍的山峰
满目葱茏，万象昂扬
每一回匆匆下山
总是怀揣滚烫的梦想
一路情不自禁为它高歌
唱不够敢为天下先的胆量
道不尽它的风采情长

这片南山与海湾依傍
方圆处处好有气场
山下是蓬蓬勃勃的热土
山上是美丽迷人的风光
流光溢彩的大街小巷
信步锵锵，风清月朗
多少次登峰眺望
寻找我那明天的向往
这里的惊鸿让我相逢

星辰大海，诗和远方

昨天的春天故事

又在时代大潮中启航

我的梦想叠印在这个地方

命运与春风在南山同频激荡

眼神内满满充盈着星光


2022 年 8 月 8 日深圳

# 热土再回首

人生总有一些事难忘
岁月总有一首歌爱唱
我从这方热土中走来
再回首还在荡气回肠

当年春天画圈的地方
都说那是遥远的梦想
我在乍暖还寒中唏嘘
风灯渔火欲比天上星光
君不见，焉能忘
多少人别爹娘，离故乡
涌来海湾摆下拼搏战场
在排山倒海的日子里
不惜热血汗水挥洒成波浪
回首间走来
这里的春色惊艳了东方
当年追梦的孤帆远影
追到了人间天上
潮起潮落的荒涂沙滩
留下篇篇壮丽诗行
那一座座撑天拔地的大厦
就是千千万万筑梦英雄的群像

当年挥波弄潮的南疆
都说那是破浪的远航
我在惊涛拍岸旁迷茫

渔舟唱晚欲步大美雅堂

未曾想，终难忘

多少人顶太阳，披月亮

争分夺秒敢与潮流较量

在激情燃烧的岁月里

敢上风口浪尖斗胆去拓荒

挥手间走来

春天的故事变成了绝唱

当年追风的浅湾渔港

追向了天边海洋

劈山填海的边陲小镇

响彻青春交响乐章

那一个个惊世骇俗的捷报

凝成青春之城流光溢彩的画廊


想起当年热土热

逆转命运的力量不可阻挡

回忆当年热土热

惜时如金的脚步最是难忘

话说当年热土热

敢为人先的豪情滚烫胸膛

流连当年热土热

来了就是深圳人温馨街巷

晒晒当年热土热

南方北方大携手千秋流芳

2017 年 12 月 27 日深圳

# 我的南方北方

我从白山黑土到四季葱绿
山山水水都是美丽画图
我从一马平川到海浪放舟
风风雨雨都是弄潮春秋

我用南方音调唱北方的歌
春夏秋冬天天都是乡愁
我以北方口味饮南方的酒
酸甜苦辣口口醉在心头

花开花落不怯人生地疏
日出月升不问风情乡俗
故乡也有爱，他乡也多情
多少汗水都是无悔的风流

天南地北常年来去往复
灵魂总在时光河流泅渡
故土爱悠悠，热土情幽幽
两点一线成为我生涯版图

摘着荔枝又想起马铃薯
喝着靓汤还想浓稠小米粥
生活在四季如春的南方
留恋北方土炕的热热乎乎

每当夜空升明月的时候
总是在相思与泪花中倾诉
那番孤帆伴远影的漂泊
最是渴望斗米小家的温度

我满身北方人粗犷风骨
哪能像候鸟寻找栖息歇足
家乡顶雪迎春的爹娘啊
我肩扛着命运奔跑在长途

北方人来赶南方的生路
只为把明天的梦想去追逐
南方心来牵北方的旧情
依然把心中的眷恋来相守

我多想像大雁翱翔自由
南来北往飞寻着绿肥红瘦
我总想向未来引吭高歌
南方北方都有我无尽祝福

啊！我敬天拜地的北方
啊！我追潮逐梦的南方

2016 年 10 月 22 日深圳

第六辑　海湾掬浪花

# 潮涌海湾

## ——深圳经济特区建立 40 周年

南方向南，惊涛拍岸

有片风光，风口浪尖

为了明天的幸福

踏浪前行，敢为人先

春风化雨的岁月

热汗挥洒，心事无眠

一夜传奇的故事

留下动人诗篇

大梦逢春，东方惊艳


南方向南，春意盎然

有片海湾，又掀巨澜

为了人民的向往

春风热土，再铺画卷

湾区联手筑彩虹

歌声飞扬，潮涌浪欢

拉开蔚蓝的大幕

再写恢宏新篇

紫荆花开，簕杜鹃艳


2018 年 10 月 9 日深圳

南海那片港湾

多少故事变成景观

远去了帆影渔火

万商云集，灯火阑珊

阵阵新风吹来

浪花滚滚，诉说从前

遥想当年海天一色

多少传奇惊鸿在风口浪尖


走进那片港湾

心中激起波澜

告别了渔舟唱晚

万舰启航，惊涛拍岸

波波潮汐涌来

载着歌声，情满海天

但见湾上升起新月

这里的故事天天都在改变


我愿化作一条小船

竞渡在这片港湾

用我的诗行梦想

又添一个蓝色的惊叹

2018 年 8 月 6 日深圳

## 海湾传奇

朋友，请让我告诉你
当年的南方小渔村
演绎了一场神话般传奇
记得那个初春乍寒的早晨
来了筚路蓝缕的破冰之旅
他们迎着风口浪尖
上演敢为人先的惊天绝技
当梦想与汗水渍干
这里正在翻天覆地
滩涂蜕变，绽放美丽
仿佛一夜崛起的青春之城
让天上人间惊艳东方魅力

朋友，请让我告诉你
迤逦的南方大湾区
鸣响了再闯巨澜的汽笛
就在今天出发追梦的路上
来了扬帆远航的先锋之旅
他们挺立时代潮头
迎接诗和远方的金色晨曦
当蓝图与足迹相印
这片海湾风生水起
捷报频传，继续传奇
向着星辰大海的万舰竞发
让明天早来常驻花季雨季

朋友，我还要告诉你

这里越来越多的惊喜

就像当年春天故事的歌谣

涛声天外，远走高飞

宛如遍地怒放的簕杜鹃

红红火火，燃烧记忆

他乡变故乡的深圳人

海水蓝染色着生命的自己


2019 年 8 月 2 日深圳

## 海湾守望

流连徘徊，从未彷徨

我把梦寄托在海湾之上

跟随潮涌潮涨

一路奔跑着我的追寻向往

哪怕风狂雨暴

总是挺起热血脊梁

面朝蔚蓝大海

向明天怒放着青春渴望


赶海踏浪，心神荡漾

我把爱珍藏在海岸之旁

相约花开花落

日夜守望有爱无影的荒凉

哪怕孤帆漂泊

时常回味吻别芳香

背向万家灯火

向远方倾诉着儿女情长


梦在路上，爱在心上

守望着牵肠挂肚的时光

当海上明月升起

多想掬一捧浪花

洒在你美丽的脸庞


2021 年 3 月 4 日深圳

（易新南、单协和）

## 湾区感怀

南方这片热土地带
四季葱茏，百花盛开
南海这片浩荡港湾
惊涛拍岸，冲天喝彩
多少寻梦的脚步
乘风踏浪追赶着未来
苍天动情，大地动容
青春热血耕耘火红的时代

南方热土别有风采
气象万千，春潮澎湃
南海港湾潋滟风光
岁月多情，人潮气嗨
多少筑梦的故事
提前报到希望的期待
海风悠悠，浪奔浪流
总在撩拨着我远方的情怀

我在当年跟着风追来
这片热土的气息不容徘徊
春天的故事还在继续
我的青春之歌正赶上彩排

人在这里蜕变了存在
它让生命的风华绽放精彩
梦在这里升华了憧憬
它让浪漫与浪潮交响节拍

2021 年 5 月 9 日深圳

## 海漂情

潮起潮落，一年又一年
我像海漂的片叶孤帆
茫茫大海呀那里是我的泊岸
漫漫人生啊谁与我青春相伴
多少年我在寻觅中等待
多少次我在月光下思念
我一定要找到你
哪怕远在海角天边
只有你呀
才能把我明天的命运改变

日出日落，岁月有情缘
我踏浪归来花开眼前
看见了你呀我胸中涌起波澜
惊涛骇浪中你才是我的港湾
你那张春暖花开般的笑脸
消散了我心中寒冷的冬天
你那浪花般的身影
就是我梦中的依恋
牵手你呀
走遍天涯这才回到爱的终点

2017 年 9 月 25 日深圳

## 心与海

海风抚摸着我的鬓发
浪涛拍打着我的心怀
海在我的前方久久等待
我在海的身旁流连徘徊
海的浪花开了又谢
我的心花谢了又开
海上升起明月的时候
我的天地消散了阴霾
啊，心与海契合着交响节拍
潮流与风流都出彩

潮汐收藏着我的脚印
波涛澎湃着我的血脉
海在我的眼里千姿百态
我在海的怀抱淋漓痛快
海的浪潮来了又去
我的思潮去了又来
海上潮涌浪欢的时候
我的心中沸腾成大海
啊，心与海相拥着无言情怀
赶潮与弄潮都是爱

海奔心中，心亦如海
浪涛总在拍打我的心灵世界
从梦里来，到梦外去
我的诗和远方就在星辰大海

2019 年 5 月 4 日深圳

## 星星沙

看大海，赏浪花
迷人追波大梅沙
那里海天一色
那里风景如画
那里海上浮光掠影
醉人心神，忘情春夏
抓一把沙子抛向空中
迎风吹，任飘洒
刹那一片银光闪闪
哦，天雨原是星星沙

听海涛，醉海霞
难忘浸润大梅沙
这里浪漫如诗
这里梦幻童话
这里阵阵潮汐排浪
席卷海滩，瀑布倒挂
捧一把沙子撒向大海
如帆影，像流星
宛如乘风浪迹天涯
哦，戏海最是星星沙

星星沙，星星沙
海潮洗礼的砾金奇葩
我用小瓶塞满憧憬童话
带回家，捎给他

我用口袋装满心中情话

带回家，送给她

让小家变得海湾样大

愿大海变得温顺如她

哦，风流的星星沙

哦，快乐的星星沙

……

2018 年 7 月 1 日深圳

# 观海听涛

到南海去观涛
是我多年向往的嗜好
当走近它的时候
才知道我像飘叶那么渺小
天边涌来的海潮
惊涛拍岸，向天狂飙
撒野的大海啊
你在向谁咆哮
我乘风在波峰浪谷
把你不安的灵魂寻找
哦，找到了
那是你欢乐的激情心跳
哦，听到了
那是你不老的吟哦歌谣
浪花滚滚，涛声阵阵
仿佛敞开胸怀，仰天长啸
海滩拾贝的女孩
还在嬉戏陶醉你的浪花拥抱

到南海去听涛
是我人生快乐的逍遥
当融进它的时候
才知道海韵世界多么奇妙
天边涌来的海潮
追波逐浪，激扬风暴

狂放的大海啊

你在向谁喧嚣

我寻觅在大海深处

为你澎湃的风采素描

哦，看见了

你那副遨游不羁的风骚

哦，明白了

你终生追寻的向往奔跑

大海茫茫，波浪滔滔

引来银鸥幽灵，飞舞斗俏

海上生明月的夜晚

涛声阵阵总在我的心中缭绕


忘不了下海过招

波涌波颠把我神奇调教

忘不了赶海拥涛

浪奔浪流为我洗礼情操


多少次观海听涛

让我从此变得眼阔气豪

多少回踏浪弄潮

助我寻梦追赶远方目标


2018 年 3 月 11 日深圳

## 大梅沙，我的梦乡

在大鹏鸟栖息的故乡
有一个迷人的地方
清风送来南疆温馨
海湾推出旖旎风光
向往大海的儿女
放逐流年挥波斩浪
弄潮尽显横流本色
踏浪踏尽尘世沧桑
啊，大梅沙
你的海韵让人生如痴如醉
你的大潮让追求澎湃胸膛

在大鹏鸟栖息的故乡
有一个美丽的地方
浪花卷来天边的问候
沙滩献上金色坦荡
依恋大海的儿女
竞泊风流洗涤忧伤
遨游翱翔沉浮世界
击水击奏涛声乐章
啊，大梅沙
你的风情让人间如诗如画
你的襟怀让游子忘返他乡

啊，大梅沙
我壮观如斯的港湾
啊，大梅沙
我缠绵悠悠的梦乡

1999 年 5 月 30 日深圳

# 南海巨龙

## ——庆祝粤港澳大桥通车

像一条从天而降的骁龙
醉卧在南海水天之间
伸出长长的万钧巨臂
挽起三地风浪同乐共欢

像一抹凌空升起的长虹
横跨在茫茫遥远天边
挥舞多情的蓝色纽带
牵手一衣带水的亲情伙伴

是谁在茫茫大海逆水惊天
让万顷波涛变成一马平川
是谁在追梦长路写下诗篇
再向祖国交出恢宏的画卷

日出日落依然惊涛拍岸
花开花谢更俏碧海蓝天
喜看大湾这边风生水起
今天风光无限，明日捷报频传

2018 年 2 月 8 日深圳

## 海之南
### ——献给海南自贸港

谁在四海环绕的地方
让春风拂去风雨沧桑
谁在荒漠沉寂的岛屿
把希望播种茫茫海疆

谁在海水捧出的岛上
让海韵奏响千古绝唱
谁在天涯撬动起海角
让八面来风璀璨星光

五指山在默默地眺望
蓝天白云变幻多彩的模样
万泉河在哗哗地诉说
这片土地传奇的今生过往

来吧，海鸥翩翩邀你追梦逐浪
来吧，椰林深深等你阅尽斜阳
走进四季葱茏的海之南
尽情挥洒你美丽的诗行

2020 年 6 月 8 日深圳

第七辑　山水风光美

## 四季如歌

一元伊始，大地梳妆
春风捎来花团锦簇的景象
万物复苏，莺飞草长
宛如嘉年的前奏乐章

夏天来了，蝉鸣鸟唱
红红火火的人间妖娆酣畅
爱与相随，筑垒梦想
夏之恋曲从心底飞扬

枫红草黄，丹桂飘香
秋风盈盈让大地漫卷太阳
挥镰堆垛，颗粒归仓
丰收歌谣与田园交响

大雪纷飞，素裹银装
红梅花儿在枝头傲雪凌霜
新年钟声，悠悠远方
迎颂岁月的风韵情长

四季如歌，无言诗行
从从容容流淌在人间天上
歌飘四季，行吟城乡
浩浩荡荡接力着未来希望

2019年11月9日深圳

# 西部游

在我泱泱大神州

有一个美丽的大西部

那里的千山万水

宛如童话梦境般画图

冬不拉伴着信天游

时常撩动我的脚步

好想走走丝绸路

好想摸摸胡杨树

好想爬爬大雪山

好想走进莫高窟

策马大草原，牵手飞天女

寻梦古楼兰，泛舟羊卓雍湖

叠彩韶华不负风流

拍好视频，留下倩影

让生涯踪迹媲美天堂春秋


在我泱泱大神州

有一个传奇的大西部

那里的大漠原野

蕴藏金山银山的富庶

驼铃声和着马头琴

向我遥望呼唤招手

好想喝喝青稞酒

好想跳跳锅庄舞

好想闯闯玉门关

好想敲敲威风鼓

溜达戈壁滩，淘宝和田玉

对话兵马俑，采撷雪莲秀

留下感动不负热土

挥洒诗篇，吟哦放喉

让人生不虚枉然梦圆夙愿


大西部啊广袤的大西部

黄河长江奔腾千古的源头

大西部啊多娇的大西部

天上人间依恋万代的国度


看看如今的大西部

荒漠变绿洲，妖娆岁月稠

那一声声嘹亮的开发号

聚焦天下目光，引领时代潮流


走不完啊看不够

惊艳诗情画意，醉我神旅仙游

画不尽啊唱不够

带走我的自豪，留下我的祝福


2016 年 6 月 11 日乌鲁木齐

## 湘西山水

这里是山的天下
山连着山，山靠着山
山上有山，山外有山
山山比肩，直冲霄汉
攀峰举目眺望
仙境飘浮眼前
好一派侠骨倚天的大观
凌空峭仞，势欲刺破苍天

这里是水的故乡
水牵着水，水叠着水
飞瀑流泉，湍石回滩
清莹碧绿，柔水涟涟
放排划江溯源
水中倒映两岸
收不尽浪花溪语的激滟
情倾故土，润泽沧海桑田

这里山水是一家
山依着水，水偎着山
山环水绕，抱翠拥峦
山水交融，忘情缠绵
彼此山欢水笑
相濡天地之间
守不够山雄水柔的眷恋
风雨春秋，绝配风情万千

啊，湘西的青山绿水
你是我走不出的人间画卷
啊，湘西的奇山幽水
你让我读懂江山多娇的内涵

啊，湘西的山脉水流
你让我旅途迷魂何月何年
啊！湘西的山影水韵
你是我醉不醒的梦境诗篇

2018 年 12 月 16 日芙蓉镇

# 香格里拉

彩云拥簇在蓝天上

山花争俏在原野上

草甸绿毯铺满大地

牧归牛羊流泻远方

是谁把漫山野花燃成丛火

挥起马鞭在空中飞扬

是谁把这方山水塑造如画

引来雄鹰在雪峰流连翱翔


月亮悬挂在夜空上

花香流淌在大地上

锅庄篝火激情燃烧

纳西古乐韵深悠长

是谁在海子湖畔唱起歌谣

诉说远去的茶道马帮

是谁把蓝月山谷无言穿越

岁月多情为明天默默梳妆


啊，香格里拉

你像烂漫的格桑花美若天堂

啊，香格里拉

你像浓郁的青稞酒醉人梦乡


2016 年 5 月 22 日丽江

## 西湖游

都说西湖是人间天堂
千年的风采依旧
都说西湖是水中画廊
满湖的秀美雍容万方
孤山，断桥，苏堤
都在风中低吟浅唱
走近西湖，烟雨补妆
景风光，人风光

都说西湖是灵秀诗行
古老的风情竞相流淌
都说西湖是一泓遐想
湖中的故事源远流长
小桥，流水，岸柳
都在岁月里梳妆扮靓
移步西湖，风清气爽
水荡漾，心荡漾

请教西泠桥畔的老翁
为何西湖让人心驰神往
借问痴迷热恋的阿娇
为何西湖勾魂把盏回望

2017年6月17日杭州

# 山水芙蓉

一条悠悠的猛洞河
流淌着碧波叠翠
双层飞泻的大瀑布
狂啸声惊天动地
远古峥嵘的红石林
宛如玛瑙昂然耸立
摆手歌，茅斯舞
欢了村寨，乐了乡里

云雾缭绕的吊脚楼
飞峙在山崖流溪
黑瓦黄墙的石板街
绵延着梯玛传奇
火塘吊煮的黑酽茶
浓郁飘香代代辈辈
家酿酒，手擀粉
壮了阿哥，美了阿妹

青山绿水潋滟的秀丽
在歌里，在诗里，在画里
土家苗寨相依的传说
在心里，在梦里，在书里

2018 年 12 月 12 日芙蓉镇

## 美丽的珠江

没有长江长

没有黄河黄

前浪流过乡愁沧桑

后浪涌来繁荣富强

河汉纵横流

八口入海疆

你的浪花银珠闪亮

你的传记源远流长

你让南国连襟千城万巷

万种风情筑成悠悠画廊


比肩长江长

媲美黄河黄

大江激流千回百转

江水滋润神州南方

沿途荔枝甜

两岸稻花香

你的波浪荡出天路

你的涛声荡气回肠

你让岭南葱茏四季流芳

惠风瑞气盈满阡陌城乡


啊，美丽的珠江

你连接着昨天和明天

万里扬波奔向海洋

啊，美丽的珠江

你满载着两岸的风情

千帆竞发追梦远方

2017 年 5 月 30 日端午节

# 云海桑田

—— 致加榜梯田

是谁在这里凿山弄土
刀削斧砍，劈山垒田
让远古的山峦不老
勾勒一道道丰腴曲线
彩练起舞　盘龙飞旋
把人间梦幻筑向云端

是谁在这里大挥手笔
耕耘播雨，歌飘山巅
敢叫沧海桑田重生
铺陈一幅幅泥土画卷
绕岭笙歌　雕琢诗篇
让荒丘叠彩天下惊艳

那一垄垄逶迤的稻田
像一块块垒高的叠盘
那一丛丛泛黄的稻穗
像一块块金色的绣匾
一层一层，一坡一坡
好个巧夺天工的奇观

那一块块斑斓的拼图
像一片片绚丽的云天
那一圈圈浸染的方田
像一双双含情的媚眼

一垄一垄，一簇一簇
都是万种风情的美颜

寻美的眼睛为它迷恋
追梦的脚步为它流连
当我来到这里的时候
上山惊叹，下山心颤
云雾缭绕的梯田人家
总在我脑海若隐若现

2019 年 5 月 29 日贵州

# 山

山上有山

山外有山

山重叠嶂，山山比肩

撑天拔地，壮伟山峦

我向上攀登

站在高高的山巅

当我成其小峰的时候

把人生高度挺立天地之间


山上登山

山外看山

山脉相连，山山载天

绵延起伏，蔚然大观

我登高望远

让心眼丈量世界

当我鸟瞰天下的时候

让那个梦想阅尽沧海桑田


2018 年 8 月 6 日梧桐山

# 黄河

从天上飞来的大河
千古奔腾，波澜壮阔
汇聚千山万壑的甘泉
积成皇天后土的恩泽
金灿灿起舞
翻滚滚扬波
滋润着沿途村舍烟火
浇灌着万顷麦苗稻禾
哎嗨哎嗨，哎嗨嗨呦
欢腾腾把神州大地融合

向大海奔去的大河
千回百转，浪颠风簸
揣着落霞日出的传说
带着九曲连环的杰作
浩荡荡向前
哗啦啦欢歌
激荡着两岸喜怒哀乐
洗礼着黄河儿女魂魄
哎嗨哎嗨，哎嗨嗨呦
情深深让东方繁茂蓬勃

绕过山梁梁的黄河浪
好一条金色滔天的锦帛
飘过土坡坡的黄河谣
好一首源远流长的渔歌

流进千万家的黄河水
好一部梦想奔腾的史诗
爱抚代代人的黄河情
好一腔中华潮涌的脉搏

啊，泱泱不息的黄河
啊，摇篮旷古的黄河
……

2019 年 8 月 31 日郑州

## 瀑布

你从天上下凡
点点滴滴，积洼成源
你从地下冒出
汩汩沥沥，积流成川
不忍作洄湾秀水
不愿为漾波微澜
走出长涧深壑
告别峡谷青山
岁月拦不住泱泱向往
狭路挡不住坦荡夙愿
哪怕此去粉身碎骨
哪怕前方悬崖深渊
你满怀豪情侠胆
蓄势千丈万钧
雄浑狂啸，飞泻向前
飞泻向前

你那纵身飞奔
万箭离弦，天地震颤
你那绝尘跳远
惊心动魄，山河失颜
你挑战凌空风险
你怒吼暴雨雷电
声声凄美绝唱
绕岭回荡远叹
雄姿倒悬成横空银幕

弱水称王让天地惊艳
何曾惜落珠肌玉体
更让香魂升腾雾岚
啊，你终归平复温柔
脚下深深积潭
潋滟春秋，润泽桑田
丰盈人间

2019 年 7 月 12 日黄果树瀑布

# 沙棘果

你从远古走来
跨越沧海桑田
你把无言的故事
收藏在塞北江南

你在荒野扎根
历尽酷暑严寒
你用如金的本色
独秀在千里高原

任凭风沙漫天
硕果累累，挂满枝干
无论荒原贫瘠
风轻云淡，满腹甘甜

你像传奇诗篇
聚沙守土，岁岁年年
你用绿色生命
倾其所有，遗爱人间

2018 年 8 月 20 日呼和浩特

## 黄山松

黄山因你称雄骄傲

身骨挺，站得高

任凭电闪雷鸣，风雨狂飙

劈不垮，轰不倒

你把生命的血脉根茎

深深扎在悬崖峭峰

不染风尘秀

共与江山娇

你挺拔群峰之上

迎着霜剑冰刀

雄姿勃发在九天云霄


人间以你图腾自豪

筋骨硬，挺直腰

哪怕风暴来袭，霜雪来摧

不畏险，不动摇

你把生长的须蔓收敛

根底守贫攀岩拥抱

独舞松涛起

放歌云水谣

你摇曳纤纤针叶

相伴春夏秋冬

多情守望着烟火花草

你那横空盘虬的枝条

历尽沧桑而不失妖娆

时常在我们心中神游萦绕

你那凛然不屈的风骨

宛如高扬的绿色旌旗

居岁月巅峰呼啦啦地劲飘


2022 年 7 月 8 日深圳

# 太湖石

踏着弯弯的斑驳石径
走进古老的江南园林
洞天里嶙峋瘦削的裸石
盘踞在角隅，隐逸在院庭

像风吹破成筛子的体形
像风淋透成泥架的残影
浑身上下一副千疮百孔
惨不忍睹，可它集美一身

万年身姿，依然硬朗遒劲
顽石不顽，躬身爬满紫藤
倾听着吴侬软语越曲
沉醉在远方古刹钟声

遍体沧桑，宛如镂空圆雕
拙朴厚重，一派凛然率真
潋滟着太湖浩渺烟波
淡定着姑苏绿酒红灯

那一幅鬼斧神工的画面
那一缕清风伴月的遗韵
兀立天下，越古逾今
挺一柱宠辱不惊的石魂

2019 年 3 月 4 日无锡

（易新南、单协和）

# 雨打芭蕉

穿过重重烟柳

洒落片片蕉林

淅淅沥沥，滴滴答答

天籁之声合拍平平仄仄

好像少女喁喁倾诉

又像游子踏歌行吟


南方雨水柔情

依恋缠绵凡尘

透过云山雾海

扑向蕉叶亲吻

银珠击节，青衣起舞

摇曳绿色翡翠万种风情

宛如恋人娇嗔泪花

又如梦中童话仙境


雨滴有意，绿叶有心

情到浓时，一吻牵魂

啊！天下多少雨打芭蕉

啊！世上几人通幽解韵


2020 年 9 月 29 日深圳

第八辑　人间风情醉

# 重读《岳阳楼记》

洞庭天下水
开怀纳江湖
岳阳天下楼
登高品春秋
先天下之忧而忧
烟波浩渺有谁能看透
后天下之乐而乐
沧海桑田盼谁解民愁
只见迁客骚人频走秀
狼烟散尽逃王侯
渔火依稀伴孤楼
景幽幽，人悠悠

洞庭天下水
吞吐南北流
岳阳天下楼
情重冠九州
庙堂居高忧其民
万家灯火百姓赞舵手
江湖处远忧其君
游子望月潇湘多翘楚
喜闻政通人和水载舟
天上人间换新图
彩云如虹绕琼楼
景风光，人风流

2015 年 10 月 1 日深圳

长安在哪里

登上古城墙眺望你的踪迹

鼓楼擂鼓，钟楼撞钟

八百里秦川歌声四起


长安在哪里

叩开十三朝触摸你的呼吸

碑林读史，秦腔听戏

大雁塔怀中今夕何夕


长安在哪里

穿越丝绸路追寻你的传奇

灞陵携友，曲江迎宾

霓裳舞盛世大美淋漓


啊，长安你就在这里

脚下的土地收纳你全部秘密

找到你也找到我自己

游子行千里

根在这里，魂在这里


2020 年 4 月 27 日深圳

（易新南、单协和）

## 我在龙山等你

等你，我在八面山等你
把云蒸霞蔚尽收眼底
去空中草原放马逐鹿
摘星摸月在悬崖峭壁

等你，我在惹迷洞等你
到地宫仙境探幽奇迹
看神工鬼斧梦幻造化
惊艳远古的万千馈礼

等你，我在古里耶等你
乘秦月楚风览胜观奇
看万枚简牍彪炳史册
领略两千年文韬武略

等你，我在惹巴拉等你
到土家村寨赶圩登对
与吊脚楼上阿妹撩歌
在摆手舞中醉梦添喜

等你，我在龙山等你
峡谷画廊为你荡波叠翠
等你，我在龙山等你
热土风光献你诗情画意

2022 年 5 月 30 日湘西

# 里耶传奇

你是烽火狼烟过来的佳人
一息沉睡二千多年
你带着多少迷人的故事
隐逸人间，留下神秘
当我撩开你的面纱
秦月楚星缭绕着你
岁月悠悠，风雨抹痕
而你衣袖掩面依然恬静美丽

你是瓦砾废墟掩身的伊人
一场大梦二千多年
你带来多少伴身的嫁妆
人间惊艳，举世着迷
当我捧读你的简牍
宛如花开眼前的你
秦风楚韵，歌飘舞跹
仿佛释怀大秦王朝过往悬疑

千年辙道，万马旌旗
与你走向沉井远别月落乌啼
八面山下，酉水河畔
你托梦来往，多情守望故里

里耶辟地①，里耶传奇
你让时光穿梭到秦天楚地
里耶相约，里耶相会
你让我们遇见二千年惊喜

2022 年 5 月 30 日湘西

① 辟地：土家语，此为精神之意。

## 茶马古道

那片大地上云缠雾绕
吆喝着一支古老歌谣
那方巍峨的崇山峻岭
走来了一条茶马古道

千年岁月的朝阳夕照
辉映着一群马帮风骚
万里路途的丛丛野草
见证了多少月黑风高

风雨摇曳着串铃马套
远方驮来了茶担盐包
惊鸿天地的马蹄声声
格桑花为它绽放深情微笑

谁在马背上行稳致远
时光穿越了悲壮崖峭
一路踏碎的沧桑故事
雄鹰在蓝天为他盘旋寻找

风雨尘封了这条小道
可又隔不断与我忘年神交
为何镖客传奇在人间
留下我从哪里来的隐恻思考

我曾借马走访一段古道

也曾提嗓学唱流传小调

一路跌跌撞撞着走来

真让我雄了风骨健了心脑


啊！悠悠远去的茶马古道

让我惊撼那时古人出行担挑

啊！狂野剽悍的茶马古道

如今还在我的梦想天地起跑


2017 年 12 月 30 日丽江

## 牧马歌

马群拉出火红的朝霞
马蹄踏醒绿色的天下
牧马汉子挥扬着套杆
追逐着狂奔不羁的骏马
骠骑像流星那样驰骋
英姿像雄鹰一样勃发
套杆如同飞出的银环
驾驭滚滚不息的草原浪花

马群驮来金色的晚霞
马蹄留下纵横的泥茚
牧马汉子引吭着长调
纵情在草原迷人的图画
毡包像白云散落大地
炊烟借晚风飘香奶茶
姑娘高扬招手的纱巾
掀起牧归汉子的心中浪花

哦，看不尽的草原浪花
哦，抚不平的心中浪花
多少次滚雷，多少回飞侠
马背追梦在绿海天涯

2016 年 11 月 11 日呼和浩特

渺渺洞庭天下水

悠悠岳阳天下楼

谁乘大风起兮云飞扬

留下千古名言激潮流

后天下之乐而乐

先天下之忧而忧

多少人在兴叹

多少人已品透

猿声啼尽千帆来

烟波浩渺，斯楼称翘楚


浩浩洞庭天下水

巍巍岳阳天下楼

喜看政通人和筑新梦

正把千秋名言化风流

后天下之乐而乐

先天下之忧而忧

多少人去躬行

多少人誓不休

长江后浪推前浪

巴陵胜状，琼楼耀九州


2019 年 5 月 12 日深圳

# 古镇·古村

那些岁月悠远的古镇
当下成了一片时尚风景
那些冷落荒凉的古村
如今成了一道新宠热门

有谁记得当年的古镇
凝聚了多少鲜活青春
谁能说清家乡的古村
繁衍了多少先辈亲情

古镇，人间的立体丹青
青山依旧，月朗风清
古村，故乡的隐逸背影
杜鹃啼血，沧桑悠魂

跟随岁月的雁归鸟鸣
追寻踪迹，领略遗韵
撩开丛丛的衰草枯藤
眺望前世，抚思今生

让光宗耀祖的牌坊挂匾
像天上繁星耀古烁今
让阒阒醒世的楹联词文
在千秋万代行吟传承

2018 年 12 月 16 日芙蓉镇

# 敦煌

在茫茫荒沙挺起脊梁
向纷繁人间敞开胸膛
敢把悲悯的大千世界
深深凿在悬崖绝壁之上
你在风沙弥漫的深处
不惜容颜刻满沧桑
任凭朔风阵阵呼号悲怆
以传神目光穿透漫漫时光
像打坐天地间的大和尚
祈福平安，守望东方
默默召唤未来的和风希望

随花开花落绿了又黄
任风雨沙尘剥落时光
就在重重的石窟洞府
精心收藏天国传世画廊
你在清冷寂寞的岁月
收敛自身千古光芒
你送走月亮迎来太阳
把阴森凄凉变成荫庇清凉
你凌空而起高悬着灵魂
留下坦荡，留下善良
留下旷世不惊的无尽念想

从古到今呼唤你敦煌
其实还有尊称叫信仰

谁说你是一道绝世的风景

其实你续写着天书文章

谁说你是一串重叠的故事

其实你矗立着迷茫方向

你有心底无声的歌谣

吟哦在多少追梦人的心上

你以大爱无痕的慈悲

共融莺飞草长山高水长

让无言的绝唱在天地回响


啊，远古悄步走来的敦煌

啊，未来隐身相伴的敦煌

……


2021 年 7 月 14 日深圳

# 敢问杭州

游山玩水，向着人间放舟
记忆江南，总是难忘杭州
拨浪湖中湖，登上楼外楼
徜徉断桥雪，流连苏堤柳
钱塘江上追浪潮
三潭印月侃春秋
邀来西子诉衷肠
共披烟雨洗忧愁
信步随景移
多少风光都是眼中福
山青青，水绿绿
人在湖中入画图

恋山乐水，借道岁月泛舟
最忆江南，心思飞向杭州
探秘灵隐灵，私会幽园幽
踏春梅坞青，品茗龙井秀
雷峰塔前观日月
南屏晚钟韵悠悠
人生行路千万里
不期霄梦潜杭州
此地谁剪裁
多少故事无言任倾诉
风柔柔，景幽幽
游兴若醉歌不休

杭州归来心在杭州

那片风光妖娆在我的心头

西湖游来梦在西湖

满湖波澜荡漾在我的心湖


杭州归来敢问杭州

为何风景惹得游人频作秀

西湖游来再问西湖

为何湖水撩拨人心更风流


2017 年 7 月 15 日杭州

## 老山城

喝一口老酒回味古城

任凭风儿牵我追寻

谁说岁月沧桑了容貌

分明老城墙凝固成斑斑风景

吊脚楼重叠在悬崖

盖碗茶飘溢出芳芬

那盆滚烫的麻辣火锅

时常让我禁不住口水滴淋

拐弯抹角的坡坡坎坎

依然活跃着幽灵棒棒军

山顶上多少老街坊

以山为根，靠天筑魂


撑一把雨伞走进古镇

任凭烟雨朦胧风情

谁说老街包装了传说

分明石板路在脚下弯弯导行

黄桷树绽放出新绿

龙门阵笑闻那乡音

多少如烟的巴蜀故事

依稀让我陶醉在江涛诉评

乘船游兴在三峡美景

几番回望高高的朝天门

都说山城人家家兴旺

依山得势，靠山走运

我多想川剧变脸迷幻心境
我多想川江号子鼓劲提神
我祈盼坡子梯街四处延伸
我渴望街坊幺妹那份温情

哦，老山城又逢新山城
哦，眷恋让我梦里牵魂

2016 年 11 月 3 日重庆

## 黄山挑夫

头顶九重天

脚踏攀岩路

披挂霜和雪

抱负在肩头

一副脊梁扛岁月

一条扁担挑春秋

清风为我擦汗流

云雾亲我来握手

嘿呦，嘿呦，嘿呦呦

我是黄山活地图


就为你的愁

甘为耕山牛

接过百家活

往返千回路

山上山下风雨里

翻山越岭凭功夫

山歌唱得天地欢

苦乐无怨在心头

嘿呦，嘿呦，嘿呦呦

黄山有我更风流


2018 年 10 月 17 日黄山

## 祠堂

古老的家族祠堂
像一片神奇无边的磁场
千秋万代，千家万户
簇拥聚居在他的身旁
无论游子他乡
无论迁徙远方
终有一个时刻
回归故里，相聚一场
让多少悲欢离合
倾诉在祖宗的逆时光

古老的家族祠堂
像一颗永远跳动的心脏
生生不息，薪火相传，
开枝散叶在他的诗章
无论天南地北
无论岁月沧桑
总在相同时辰
供奉香案，跪拜高堂
把悠悠血脉情缘
恒定在高高的神龛上

闯天涯，追梦想
恋山水，去远方
无论人在何时何地

灵魂总要归宗这里俯仰

子孙代代归来这里敬香

人不在祠堂，名亦驻祠堂

心不留祠堂，梦要进祠堂

那里是老家的老家

那里是故乡的故乡

那里是我从何处来的地方

那里是我一生的心灵吟唱

2019 年 7 月 3 日莽山

第九辑　就恋这片土

## 就恋这片土

就恋这片土
农家的心头肉
植着祖宗根
荫着后人福
一四七，三六九
麻鞭赶牛，插秧打谷
山上有山珍
水中有鱼鳅
手有田地库有粮
农家山歌唱丰收

就恋这片土
农家的心头肉
播下春天梦
醉饮金秋酒
好时节，勤出手
挥锄舞镰，种瓜得豆
糯米打糍粑
芝麻榨香油
夜枕蛙声入梦乡
农家日子乐悠悠

有了这片土
农家何须愁
似金山，像银山
四季飘香，丰年富庶

游子爱故土

念我来何处

那是根，那是轴

敬天拜地，感恩惜福

2017 年 5 月 1 日深圳

## 红树林

海湾长长的葱绿
那是远古走来的绿色脚步
相濡沧海桑田
留给未来一幅浓郁画图

海湾丛丛的葱绿
那是祖先留下的绿色绸缎
任凭风吹浪打
留给人间一片纯情清福

在滩涂上与岁月共度
在风雨中伴大海共舞
留住老根，留住本色
留在漫漫大地的水土深处

在开怀时听候鸟倾诉
在空巢后随潮汐起伏
守住初心，守住浓情
守护悠悠湾畔的平安幸福

2018 年 5 月 24 日深圳

# 海娃的渔村

南海小小的渔村
是我童年的仙境
海浪亲着我的家
海岸扎着家的根
村中有渔火风灯
村头有舟楫帆影
村尾有白银沙滩
村旁还有一片绿色椰林
迎风搏浪的海鸥
惊鸿着银色的幽灵
阿公的长橹摇啊
摇退了风浪，摇近了黄昏
阿婆的编织梭啊
编进了太阳，织满了星辰
当海上升起明月的时候
宛如一座海市蜃楼缥缈降临
那时的夜晚好多好多梦啊
梦见我在浪花的怀抱数着星星

南海小小的渔村
是我难舍的梦境
海风捎去我的爱
海涛洗礼我的魂
听不够渔舟唱晚
看不尽渔港风情

食不完海鲜美味

节拍不绝阵阵排浪涛声

起锚赶海的渔船

高扬着风帆去远行

阿哥的渔网拉啊

拉长了日子，铺满了金银

阿娇的渔歌谣啊

唱欢了浪花，唱醉了海神

当我吹着螺号拾贝归来

小小鱼篓摇晃着满满的海珍

那段童年留下好多好多故事

最是难忘呼唤我长大的海娃乳名


啊！滚滚海浪拍打着海岸

拍打着岁月，拍打着人心

潮汐开怀收藏了我的脚印

阵阵海风拂新了海湾风景

我在潮起潮落中流连寻找

寻找当年远去的小小渔村

我仰望天边闪闪烁烁的星光

分明是无数遥望我的眼睛

啊！望乡的眼睛，爱我的眼睛


2017 年 10 月 9 日深圳

# 胡杨

多少次我追寻诗和远方
思绪总是飞到你的头上
多少年我探索生命奇迹
梦中几回绕到你的身旁

远望你像一抹金色斜阳
近看宛如一片风景雕像
走到你砂砾飞扬的脚下
仿佛听见悲壮无言的绝唱

你在狂风沙暴中挺立脊梁
风骨苍虬，豪情万丈
你身处严寒酷暑不失灵魂
苦乐不惊终生不褪金装

你任凭岁月刻满累累沧桑
身披玄黄，缀彩阳光
你常年在飞沙走石中信步
敢向苍天大书特写诗行

大漠孤烟，长河落日
你不屑花开花落几多兴亡
驼铃远逝，马蹄声碎
你不惜枝断叶残无泪神伤

千年生长，无惧古道枯肠
千年不倒，厮守星辰相望
千年不朽，任凭风沙肆虐
三千年凛然，三千年豪放

啊！浑身扭曲不屈的胡杨
啊！苦难交加无悔的胡杨
天动容，为你披霞施妆
地动情，为你春秋绽芳
人动心，为你吟诗作画
你我齐心，踏梦图强
让朗朗笑声代替命运忧伤

2022 年 4 月 9 日深圳

苍天之下

苍天之下，苍天之下
那虫那鸟那马
还有那些山雀野鸭
都是血肉之躯的生灵
在你心中可愿开怀容纳

苍天之下，苍天之下
那草那木那花
还有那些绿叶枝丫
都是千姿百态的颜面
在你眼中可曾惜美如画

苍天之下，苍天之下
那秧那苗那芽
还有那些桑蚕棉麻
都是生命攸关的福荫
在你身上可是珍惜丝纱

苍天之下，苍天之下
那巢那窝那家
还有那些洞穴舍厦
都有栖息入梦的温床
你未了情可会守望牵挂

苍天之下，苍天之下
那山那水那土

还有那些戈壁泥沙
都是生命不息的根源
你在岁月可曾感恩报答

苍天之下是一家
五湖四海不只他和她
有你有我还有多少个它
最是难忘，共存童话
莫要痛心惊魂泪眼婆娑

苍天之下爱为大
共与枯荣同经风吹雨打
唯愿春风常拂泱泱中华
尊重生命，爱护自然
彼此相惜安度春秋冬夏

2020 年 2 月 13 日深圳

# 农家乐

翠竹葱葱，
荷塘溜溜，
炊烟袅袅，
村舍簇簇。
雄鸡唱晓祖辈梦，
耕耘播雨在田畴
好年景，热汗酬，
五谷丰登那个喜呀喜丰收
哟呵呵，哟呵呵，
唢呐奏追求，
秧歌扭风流，
衣食父母出农家
土地称神咱农友。

民风敦敦，
乡情浓浓，
故土悠悠。
布谷啼开年年春
犁铧肩扛造绿洲
红火火，金灿灿
春华秋实那个添呀添锦绣
哟呵呵，哟呵呵
高跷踩沧桑
社戏演春秋
丰腴富庶在农家
皇天后土赞农友

1999 年 7 月 2 日岳阳

## 山里汉子

离太阳最近的地方

男子汉好像山的模样

有山的脊梁，有山的担当

柴米山货全靠肩挑背扛

他那背影像堵厚墙

挡住风雨，挡住雪霜

火辣辣山歌吼着唱

唱得山花花红火火

唱得山也高来水也长


离太阳最近的地方

男子汉浑然山的形象

像山的胸怀，像山的坦荡

人间沧桑化作汗水流淌

他那肩膀像座山梁

背过星星，扛过月亮

一碗碗老酒大口喝

喝得山风风麻麻香

喝得山里人日子滚滚烫


2017 年 11 月 13 日大巴山

## 山城人

他们离山最近
他们择山为邻
开山修路，劈山筑城
千家万户安居山心心
傍山拔起吊脚楼
云雾遮住他家门
弯弯曲曲的盘山路
仿佛高攀向天撑

他们靠山为根
他们以山为魂
伴山同乐，与山共存
开心山歌唱到山顶顶
火锅撩味麻辣烫
敞开嗓门山娃音
大街小巷喝盖碗茶
山寨遗风龙门阵

一方山水养一方人
这里人有山的精气神
依山得势，借山走运
做心高气傲的山城人

2018 年 9 月 30 日重庆

## 在怀梦的地方

我一生从梦中走来
又总是向梦中走去

我把我的梦想
拴上大雁的翅膀
盘旋在青山绿水
潋滟金山银山的风光

我把我的梦想
系在风儿的头上
背负那多年憧憬
向着追寻的远方飞翔

我把我的梦想
洒在多情的故乡
滋润烂漫的山花
常年为乡亲绽放芬芳

我把我的梦想
伫立高高的山岗
默默相伴在故土
守望千家万户的安康

我把我的梦想
点缀如画的村庄

邂逅缠绵的廊桥
对歌邻家长成的姑娘

我用我的梦想
编写青春的诗行
收录大爱的旋律
谱成家国春秋的乐章

我以我的梦想
借缕太阳的光芒
携手多情的月亮
温暖在天下寒士心上

我把我的梦想
塞进密封的瓶里
投放岁月中漂流
让浪漫接受洗礼丈量

2022 年 3 月 23 日深圳

## 致敬，劳模

看见你天天来去匆匆
走近你总是行色从容
谁知道苦和累
让你承受多少辛酸苦痛

看见你忙乎春夏秋冬
接近你总是面带笑容
谁知道情与爱
在你心中占有多轻多重

时光在你我之间流动
花开在眼前美不相同
我总是在扪心追问
如何让人生品味香浓

拂去那双眼神朦胧
你的生命如诗如歌律动
我要为你鼓掌喝彩
跟着你去筑起梦想彩虹

2019 年 9 月 15 日深圳

说什么一无所有
其实都在身前身后
有泥土，有雨水
还有农家的三六九
只要春天播下了种子
就有年头丰收的金秋
看那小麦扬花，大豆摇铃
棉桃錾银，高粱鎏金
山上有山珍，水中有鱼鳅
五谷累累飘香田间地头
我敢向苍天大吼
谁说我农家村野欠富庶

怨什么忙忙碌碌
那是流年的时令节奏
风吹尘，雨浴身
乐有抖摆的秧歌秀
那片汗水挥洒的地方
好运就在那里频招手
到时拎包点数，醉口老酒
逛逛大集，搓搓牌九
踏步蛙声走，夜醉梦乡游
山歌声声笑言门前桃符
我敢拍一把胸口
谁说我农家土气不风流

农家乐，乐见民风新俗
乐农家，乐遍山青水绿
农家乐，乐在艳阳高照
乐农家，乐满千家万户

2017 年 9 月 21 日惠州

## 老槐树

村头的那棵老槐树

扎根在老家的沃土

它在岁月中沐风栉雨

把家家户户的平安守候

它让槐花发散着清香

它让枝叶遮挡着寒暑

它像一方灵犀的尊神

庇佑着乡亲家族的福荫


村头的那棵老槐树

相伴着家乡的民俗

它在天地间挺起脊梁

把年年岁岁的吉祥揽住

它让树冠摇荡着和风

它让绿荫默送着祈福

它像一位历史的老人

藏纳着水土造化的世故


老槐树啊老槐树

我总在树下仰头留步

分享着你的千古流芳

共融着这方风情乡愁


2017 年 6 月 26 日深圳

# 田园夜曲

天空降下夜幕
月光洒满田园
那是谁的乐土
都是谁在那尽兴歌吟

菜园子，草丛堆
蛐蛐拨弦抚琴
篱笆根，角落旁
蝈蝈唱着欢歌送知音

小河边，荷塘中
蛙声此起彼落
林子里，枝头上
倦鸟呼噜呓语到天明

这声出，那声进
你步韵，它应声
蛙鼓低音，蟋蟀高调
虫鸣纷纷欲比邻

风儿赶来助兴
小溪潺潺伴音
夜莺喁喁求偶
萤火虫匆匆引路照明

草木摇曳芳菲

暗香流动时分

人间多情作合

俏星星眨眼潜心聆听


燕雀敛翅醉盹

蝴蝶息舞潜形

禾苗拔节悠声

鸡鸭鹅肆意扑腾打鸣


谁家敞开窗户

送来琴声和鸣

这声声小夜曲

让天地人在梦乡销魂


山歌夜曲连场

田园频添风情

大地笙歌悠悠

天地惊叹这人间乡村


2022 年 6 月 11 日深圳

第十辑 风雨故乡情

## 风雨故乡情

离家的路上起着风
风轻轻，柳戚戚
小荷露出尖尖角
蜻蜓无言水中立
出门的时候下着雨
雨潇潇，淅沥沥
桃花探出粉红脸
我的心情漾涟漪
故乡的风啊
在我脸上丝丝缕缕
故乡的雨啊
在我心头点点滴滴

回家的路上迎着风
风微微，柳依依
瓜果熟了正飘香
我怀乡愁归故里
回家的时候洒着雨
雨蒙蒙，涔漓漓
槐花飘落肩头上
我的心田酿起蜜
故乡的风啊
在我梦里缠缠绵绵
故乡的雨啊
我在他乡寻寻觅觅

2017 年 10 月 8 日深圳

## 湖南人

长江向南边
洞庭围湖圈
三湘连四水
安然逾万年
江南大美看湖南
风情天下欢

农耕阡陌田
鱼米桑麻棉
丰腴多富庶
热土兴家园
天下粮仓在湖南
烟火旺人间

多情美湘女
勤劳壮儿男
乡音如燕喃
子孙练双拳
一条龙舟竞千年
芙蓉奉花仙

十里不同天
村村讲方言
见面问呷吗
拱手送平安

坐南朝北围塘堰

高堂敬祖先


老少爱呷辣

性子霸得蛮

流血不流泪

担当最毅然

敢为翘楚天下先

乡风爱携帮


潇湘文人史

贫富办书院

豪杰情结重

文武多状元

大小英雄踏夕烟

代有活神仙


华夏中兴篇

鼎力有湖南

将相扶社稷

湘人护国安

千古英雄毛泽东

奉民高如天


睦邻好交友

仗义乐相援

待客老腊肉

把酒端碗干

逢难撑开渡人船

天涯结善缘


崇文重礼教

湖湘文化传

唯楚多才俊

读书攀塔尖

先贤遗梦代代圆

感恩拜苍天


2020 年 3 月 3 日深圳

## 故乡亲

他乡山水美
他乡日月新
走遍了东西南北
还是我的故乡亲
总爱听的是乡音
老回首的是家门
常遥望的是老家
最挂念的是双亲
乡愁缕缕啊
牵着游子的心

他乡也有爱
他乡也多情
经历了聚散离合
还是我的故乡亲
唱唱家乡的山歌
醉乐了我的心
望望家乡的月亮
牵走了我的魂
乡关处处啊
踏步的是乡韵

故乡亲啊我是故乡人
乡土里有我的生命根
故乡亲啊我怀桑梓心
乡愁里有我的人生情

2018 年 1 月 13 日长沙

多少年忘不了父母叮咛
人在外莫违那里风土人情
其实啊我走过万水千山
最难忘老家那份乡里乡情

那方乡土是我生命的根
那道乡关是我进出的门
那股乡风是我气息的韵
那套乡俗是我做人的经

乡思悠悠卷进去我的心
乡愁浓浓牵动着梦中魂
乡音声声醉了又醉的亲
乡愿缕缕无言倾诉的真

一方水土，一方生人
血脉里流淌着这个基因
人间烟火，乡里乡情
过冬逢春维系万家千村
地久天长啊从古传到今

2020 年 4 月 29 日深圳

## 老家谣

难忘从前的故乡
是我心头的门窗
那首《老家谣》啊
伴随我童年成长

甘蔗甜，菜根香
萝卜白菜南瓜汤
走长路，带干粮
采摘野菜充饥肠
河沟捞鱼鲜
瓦壶煲大江
砂罐煨白粥
炉灶柴火旺
五谷杂粮土味鲜
火锅涮涮麻辣烫
饮瓢水，甘洌爽
一把瓜子嗑出味道长
端碗浊酒醉心房
恍惚在天堂

布衣暖，蒲扇凉
茅屋寒舍硬板床
棒捶衣，舂米粮
扁担悠悠肩上扛
粗茶泡淡饭

日晒染风霜

浑身添憨劲

池塘照模样

山歌吆喝天地应

赤脚溜溜闯四方

日子长，慢慢过

八字眉毛笑来好时光

夜枕蛙声入梦乡

呼噜如歌唱


老家风情不风流

老家风土也风光

那时的痴，那时的狂

风干成笑谈乐章

清风明月淡泊心

天不老来地不荒


2005 年 8 月 15 日岳阳

## 漫步南湖

邀约知己，漫步南湖
沐浴晨光，融入人流
会意波澜涌来的声声问候
拉拉风情万千的岸边翠柳
别抖落了荷叶的露珠
别惊跑了踏浪的银鸥
好一趟陶醉的神游
思今，怀古，叙旧
景悠悠，人悠悠
心在徜徉信步中浪漫欢舞

牵手情侣，遛弯南湖
披着星光，笑洒一路
迎接温柔多情的和煦清风
倾听粼波荡漾的道道祝福
别打扰了湖中的睡莲
别挤皱了飘逸的纱雾
好一圈销魂的梦游
寻思，遐想，逗俏
月朦胧，夜朦胧
爱在开怀拥抱中热热乎乎

2016 年 4 月 12 日岳阳

# 纤夫号子

骄阳烈，朔风寒

峡江号子飞出一串串

嘿咗，嘿咗，嘿呀咗

一根竹竿哟撑开江两岸

一溜号子哟 回响千百年

冒一身雨水，洗刷春秋怨

吼一声号子，激荡云水间

顶风浪哟雄起肩膀

拉直江河，拉平险滩

把太阳和月亮拉出万重山


千重险，万道关

峡江号子穿透浪尖尖

嘿咗，嘿咗，嘿呀咗

一根纤绳哟拉得山水转

一把橹桨哟摇得苦变甜

挥一把汗水，砸得浪花起

唱一曲山歌，撩起江河欢

闯江湖哟挺起脊梁

拉长岁月，拉来梦圆

把纤夫的故事拉成美画卷


嘿咗，嘿咗，嘿呀咗

嘿咗，嘿咗，嘿呀咗

……

2017 年 5 月 6 日重庆

## 清明雨

我的父母双亲
为了儿女劳累终生
放不下的爱
熬不尽的心
长夜捻灯无眠
四季牵肠挂魂
天公恻隐来引渡
长眠故土，安息山林
拜托风起雨洒的时候
别把二老长梦惊醒
还他们一个永久恬静

每逢泪雨纷纷
天各一方九泉邀亲
忘不了的恩
念不完的情
多少别离倾诉
化作香火泪淋
一跪一拜情不断
磕头年年，聚首清明
盼望时光荏苒草又绿
再与二老归期踏青
还我们一个天伦相庆
乐享天国安宁
永享人间太平

清明雨，泣无声

和着泪水洗涤心

携子孙，拜祖坟

天道不阻感恩人

我从哪里来，又往哪里去

根在何方地，叶落何处归

清明祭祖，血脉传承

慎终追远天地应

茔冢前，读人生

香火飘处梦寐神，心通灵


2022 年 4 月 3 日深圳

## 梦江南

山峦叠翠，荷塘桑田
一帘幽梦，最忆江南
走进一条烟雨巷
宛如走进了醉人的春天
杏花雨飘湿了诗篇
枫桥月投进了画卷
乌篷船摇进了梦乡
楼外楼风韵了流年

划桨摇橹，水乡如川
渔舟唱晚，梦回江南
饮上一杯青山茶
好像品尽了江南的甘甜
雕花窗守望着人间
石板路印满了乡恋
花纸伞遮掩着缠绵
桃花扇摇红了容颜

哦！莫非岁月偏爱江南
冬去春来总是花好月圆
哦！莫非苍天多情江南
一片烟云就是一缕眷恋

2016 年 10 月 6 日杭州

# 江南柳

江南的春色

你先捧出新绿

江南的春天

你在迎风招手

不与花争艳

含笑风雨后

疏枝抖落二月雪

甘为大地添清秀

雨潇潇，雾蒙蒙

你招徕彩霞云出岫

把妩媚叶片贴上少女眉头

你摆弄春风天下醉

把烟火人间引进美丽的画图

都说东方大美看江南

少不了你摇曳独舞的风流

江南的记忆

唯你最上心头

江南的风采

因你格外清秀

婀娜多柔姿

妖娆三月柳

垂枝蔓叶搭肩肘

拂风依依献娇柔

香缥缈，月朦胧

你满撒绿荫送清幽
伴随家园从春天走到夏秋
你绽放新芽抚乡愁
把枝条的春意洒满原野神州
都说潋滟风情去江南
追梦人赶路生风如杨柳摆舞

啊，江南柳，江南柳
踏青岸边走，牵手堤畔游
忘不了你多情牵衣拉袖
让我美不尽那绿肥红瘦
啊，江南柳，江南柳
多少相思情，多少眷恋曲
忘不了你作美约会邂逅
让我的连心歌儿唱不休

2017 年 4 月 22 日深圳

## 江南行

初到江南来

如见画屏开

桃红，李白，杏黄

万紫千红竞藓苔

黄鹂鸣翠柳

紫燕绕楼台

牵手雨巷走

幽梦也徘徊

江上乌篷船

摇桨轻轻摆

新芽推落二月雪

大地崭露新气派

凭栏远望处

小桥流水飞红

生机盎然绕村寨

春妖娆，闯入怀


又到江南来

春潮正澎湃

莺歌，燕舞，蝶狂

风和日丽拂尘埃

沐浴杏花雨

沉醉香雪海

白鹭翔蓝天

踏青染风采

绿肥戏红瘦

任尔随心裁

古刹钟声悠悠起

声声随风潜血脉

把酒酣醉时

春光乍泄心田

追梦魂游到天外

人风流，神出彩


来江南，江南来

潋滟春色多少载

梦外游，梦中醉

人在画中心在嗨

为寻一个童话家

我用一生情和爱

莫待春回负时光

我在江南等你来


2020 年 2 月 23 日深圳

# 江南烟雨

淅淅沥沥的烟雨
为江南披上缥缈水衣
朦胧了村村寨寨
秀色了山川大地
小桥流水带走了童年故事
眷恋的紫燕依旧绕梁环飞
杏花雨中的农家小院
笑声像荷塘荡漾的涟漪

丝丝缕缕的烟雨
为人间泼洒水彩画笔
淋湿了一帘幽梦
滋润了万家心扉
小河弯弯不见了阿婆浣洗
石板窄巷逗留着青春记忆
乌篷船荡起桨声橹曲
追寻着夕照田野的牧笛

多少次江南烟雨中漫步
处处勃发着诗兴画趣
牵手在黛瓦白墙中徜徉
衣湿了又干，心甜了又醉

2017 年 8 月 9 日长沙

第十一辑　生活的滋味

## 时光舞台

那是城，那是乡
毗邻接壤，连成街坊
那是工，那是农
都在创业，匆匆上岗

那是男，那是女
穿戴混装，猎奇时尚
那是灯，那是星
惊艳闪烁，交相辉映

万花筒式的大舞台
变色龙般的新时光
数不清的新奇变幻
一个点击就到身旁

梦想飞出古老门窗
烂漫如花遍地开放
头上缠绵的月亮啊
总在飞吻我的脸庞

2018 年 8 月 27 日深圳

## 夫妻相

翻开日历的旧记
原本我是我，你是你
过了许多年以后
我变了我，你变了你

打开影集的回忆
当年我是我，你是你
走过以后的以后
你像了我，我像了你

生活就像曼妙的游戏
谁说我是我，你是你
经过岁月的升华嬗变
你也是我，我也是你

常年饮食在一口锅里
酸甜苦辣，同滋同味
床头拌嘴赶紧床尾和
相互摸透着秉性脾气

难念的经是道道考题
磕磕碰碰是棱角磨砺
经过心灵的相互融合
你包容我，我走进你

二人世界生发着神奇
往后你是我，我是你
眼神无语，你我会意
叹息无言，懂我惜你

她有着他谈吐的气息
他有着她身上的魅力
就连脸上的莞尔笑靥
像为人处世那样默契

啊，是谁改变了自己
啊，是谁在偶合一体
追根溯源，是她施法
是彼此爱的点点滴滴
是浓浓情的心血描笔
心里相印，梦里通魂
是相濡以沫绵绵无期
是执子之手命运联袂

2018 年 9 月 12 日深圳

# 男人的肩膀

都说你是天下兴亡的柱梁
都说你是千家万户的城墙
都说你是护花使者的屏障
都说你是女人栖息的梦乡

都说你是万事亨通的桥梁
都说你是炊烟袅袅的炉膛
都说你是老少妇幼的手杖
都说你是养家糊口的粮仓

苦命的肩膀，苦力的肩膀
舍身不惜驼峰马背的模样
苦心的肩膀，苦志的肩膀
只为扛来花好月圆的梦想

男人凭那风骨似铁的肩膀
担抬起幸福，撑顶着希望
家国春秋的重荷挑在肩上
扛去明天，扛到四面八方
扛进岁月静好的旋律乐章

其实与其夸赞你伟岸雄壮
莫过于崇敬不卸血性担当
如欲惊叹你浑身神奇能量
不如去仰慕无悔坦荡阳刚

男人有你身影才那么豪强
岁月有你理想才增添翅膀
窗户有你灯火才捻亮流光
红尘有你人间才情重天堂
故园有你薪火才传承远方

2015 年 9 月 9 日东莞

## 咏叹的歌谣

——献给母亲节的歌

都说天下鸟儿爱雀噪
都说人间女人爱唠叨

乍听像热风撩起浮躁
初听像火苗蹿起煎熬
常听像临窗涌来松涛
久听像家常烹饪佳肴

也许是提醒香花毒草
也许是招呼养神睡觉
也许是叮咛出行平安
也许是数落日子花销

只要你稍许顺心聆听
就能体会个中的曼妙

那是风情不解的苦笑
那是梦中单恋的拥抱
那是酸麻刺痛的药膏
那是含泪如诉的祈祷

多少琐碎无奈的过招
都是恨爱天使的弄巧
宛如屋檐下呢喃不休的燕语
那是大爱无疆的滚滚春潮

感恩妈妈的絮语腔调

她让我一次又一次提神醒脑

感谢妻子的常年唠叨

她送我越来越多的相濡歌谣


2015 年 5 月 10 日深圳

## 男人与酒

这酒来到人间世上
竟让天下男人奉若神汤
这酒自古流传至今
惹得多少男人身心若狂

好着这口勾魂醇香
总想一醉方休淋漓酣畅
温吞这团流星火光
难得激情燃烧豪气万丈

啜饮这杯如沫诗行
欣喜唐宋草圣纵横狂放
品味这坛神液琼浆
仿佛飘飘欲仙登临天堂

好一双眼睛喷发眼光
好一副胆囊骤添胆量
好一腔血脉偾张豪性
好一双肩膀猛增担当

推杯换盏江湖识豪强
独酌痛饮天涯浇愁肠
五魁首，赚他个财源兴旺
六六顺，飙一回威风八方

男人与酒，人生如梦的美妙乐章
男人嗜酒，人间烟火的一道风光
男人凭酒，沧海桑田的雄性高墙
男人如酒，女人眼中的痴迷阳刚

酒啊酒，你是男人的得意珍藏
酒啊酒，你是男人的沉迷幽巷
酒啊酒，你是男人的情怀褒奖
酒啊酒，你是男人的心灵绝唱

2016 年 4 月 12 日广州

# 愁与酒

杯中美酒，饱含情由
对酒当歌，任尔欲求
温吞这口如酒的诗行
醉香功业，潇洒春秋

多少女人的忧愁
是倚窗眺望的泪流
放下扶桨孤渡
含杯咽酒消愁
韵味女儿红
醉一回风轻花瘦
乘兴舞衣袖
春风戏杨柳
愁亦愁，忧亦忧
可知杯中映月如钩
愁与酒，怀柔她心头
情悠悠，爱悠悠
离合悲欢啜杯酒
金樽对月人娇柔

多少男人的忧愁
是远方书剑与潮头
独闯他乡山水
向隅沽酒解愁
饮尽老白干
喝一世江湖风流
把酒问青天
明月几时有

愁更愁，忧更忧
谁解杯中落叶成丘
酒与愁，缭绕他胸畴
梦悠悠，魂悠悠
酒逢知己千杯少
一醉方休泯恩仇


2018 年 10 月 9 日深圳

# 川菜香

我曾掰着指头数了数
看哪样美食把舌尖征服
尝过了多少美味佳肴
还是川菜把我胃口吊足

先来盖碗茶痛饮一壶
花样小吃点杂粮五谷
珍珠丸子加笼粉蒸肉
火爆酸菜鱼安逸味酷

伴餐首选麻婆豆腐
巴适要数那东坡香肘
过瘾点盘宫保鸡丁
安逸韵味上五香烧卤

看菜吃饭青椒牛柳
大快朵颐来碗回锅肉
又脆又嫩鱼香肉丝
爽口子姜爆炒麻鸭脖

顺酒助兴油酥泥鳅
解馋止瘾有血旺毛肚
特色名菜夫妻肺片
经典小吃要豆花抄手

煎炸烧烤炒，炖蒸泡煲煮
色香味美形，掌勺凭火候
点啥随心挑，颠锅皆菜谱
店家满街香，迷倒吃货族

原汁原味的川菜功夫
林林总总都是口中之福
你闻香找来，他醉饱笑走
个个吃得腰圆肚儿鼓
麻辣烫鲜尝尽人间百味
梦里口水总是止不住馋流

2017 年 10 月 28 日成都

# 老冤家

天上走着的太阳

可知人间里短家长

这对子老冤家啊

吵吵闹闹，扭扭犟犟

她常把琐细唠叨挂在嘴上

他楞个杂事闷在胸膛

隔三岔五，说东道西

磕磕碰碰装满箩筐

他嫌她张嘴唠唠叨叨

她怨他口含生米牙腔

哪怕一层薄纸的隔膜

硬要燃起肝火烧破心窗


长夜照着的月亮

可解天下是非短长

这对子老冤家

数数落落，斤斤两两

她爱把较真抹在脸上

他实心葫芦不事张扬

大大咧咧，风风火火

陈年旧事堆满屋场

她怼他拿话刮风下雨

他怂她洒把泪水搅肠

多少花好月圆的日子

都在叹息中背对到天亮

这家子唱不尽的二人转

好像双燕呢喃声声绕屋梁

一口锅吃饭，手脚同炎凉

眼里心里满满装着对方

挨骂不散伙，受气不窝囊

灶台的炉火越烧越兴旺

听来很无奈，其实不忧伤

一个屋檐下守候幸福忙

2018 年 8 月 29 日惠州

## 叶子礼赞

在绿色丛林的枝头上
叶子稀疏正蜕变着模样
谁知道它的绰约风姿
飘逸着多少岁月的情长

哦，叶子日见染黄
悄然换上金色的盛装
摇曳在向天的树梢
与轻风淡云浅吟低唱
斑斓悠悠岁月
婆娑风雨沧桑
褪尽美丽的翠绿风采
向天地献出一片玄黄
也许，这是它最后的梳妆
要为老家留下那美好形象

哦，叶子容颜变黄
与时走向生命的辉煌
安然在幽静的黄昏
把未来憧憬写进冬阳
释怀一生枯荣
化作落英芬芳
别了多情的红尘拂影
为人间留下绿色诗行
其实，这是它无言的表白
告别走到尽头的最后希望

叶子啊，一片一世界
谁懂它独舞留下的念想
叶子啊，落幕了故事
走过它美丽青葱的时光
叶子啊，随风去飘零
重新寻找它萌生的地方
叶子啊，你莫要忧伤
大地母亲拥抱重返故乡
叶子礼赞就是生命凯旋乐章

2018 年 12 月 5 日深圳

# 老吾老

走过了季节的绿肥红瘦
人生向晚又临迎面关口
多少心事宛如潮汐卷来
谁与我来笑侃时光羞涩

借一片夕阳把身影照就
掬一瓢秋水把红尘看透
酿一窖老酒把日子醇香
展一幅长卷把故事写足

日出日落那是岁月舞步
花开花谢都是换季衣服
云卷云舒乃是心湖泛舟
梦里梦外还是希望握手

不再奢求什么天长地久
不去追逐时髦打俏竞秀
不为心思戚戚借酒浇愁
唯有爱是老来乐的根由

脚在路上不去任性竞走
沿途风光不再忘情迷留
把脚下的赛道让给后人
让明天的向往放飞歌喉

择一隅清幽，修篱扶菊
推一把太极，万事皆悠
喝一口小酒，解忧消愁
邀一轮明月，相伴梦游

老返童，如歌如醉的年头
老来俏，岁月如金的风流
老益壮，青松不老的画图
老吾老，半人半仙的春秋

2020 年 3 月 30 日深圳

走着走着走到人生的黄昏
我的心境像那晚霞般平静
夕阳当头悄悄地拉长身影
我的世界又是一片未来风景

一路走过来的沧桑岁月
留下多少故事和累累脚印
回望身边这片多情的土地
我依然爱得像大海那样深沉

别看我满头堆雪飘银
那可是人生收获的白色结晶
别看我额头爬满皱纹
那可是赶考留下的道道辙痕

别看我身子骨佝偻颤抖
可淬过火的初心从容笃定
别看我戴上那副老花镜
可我把黑白世界看得清澈分明

虽然遭遇过悲欢离合的曾经
我像老黄牛一生奋蹄耕耘
虽然尝遍了酸甜苦辣的艰辛
我像瘦骆驼跋涉风雨兼程

我不惧怕生活的磨难折腾
我不屑那虚伪的矫情呻吟
我厌恶那花样百出的欲望
我珍惜多年筑梦的时光温存

走到晚晴感悟着收心安分
守望日出日落的人间恬静
什么荣华富贵，什么桂冠功名
在我的心中已然云淡风轻

我常回望流泪的花季青春
如诗如歌如我珍藏的画屏
一生风流莫过于执子之手
相濡着真爱，缠绵着深情

千般感恩，我的父老乡亲
忘不了给予我的哺育馈赠
万般感谢，我亲爱的祖国
忘不了给予我做人的尊严底蕴

都说活着的美好是向往憧憬
我在今天与明天间善待时光
都说人生的难题是如何做人
我以终身向着生命不辍修行

如果哪天被后浪推向岸边
我也要俯下身子去铺垫后人
如果像叶子那样飘落归根
那也是我生命凯旋的神圣

2020 年 4 月 15 日深圳

## 老来乐

要说人间谁最潇洒

请看如今的老人家

他们天天快乐讲养生

一个个蜕化了旧花甲

小日子过得甜蜜蜜

再也不愁柴米酱油茶

爱上美容 K 歌养花卉

邀友搓牌上网聊八卦

夕阳红，黄昏恋

健身如潮颐年好韶华

看那浑身上下的精气神

像是梅开二度老树发新芽


要评当代谁最风雅

还看如今的老人家

他们热衷追风赶时髦

一个个变成了老俏娃

银发人歌喉声声高

爱好弹琴弈棋练书法

敢上广场舞台炫身手

组团漂洋过海逛天下

美滋滋，喜盈盈

时尚风流不逊十七八

看那妖娆走来的模特秀

宛如天边飘逸朵朵彩云霞

谁说老有所养是佳话

眼前的光景宛如活图画

谁说老有所乐是美梦

身旁的爹妈脸上绽开花

感恩晚晴欣逢艳阳天

过上好日子，心头乐哈哈

2021 年 2 月 8 日深圳

# 闲云野鹤

莫要纠结叹息老不老
谁都免不了闯关过招
君不见远方闲云野鹤
总在追寻向往的最好

做个卸甲的闲人真妙
心不飘浮，气不骄躁
不再匆匆忙忙去赶考
从容淡定，平添欢笑

做个无任的闲人真好
手不忙乱，脚不停跑
不再心事重重去发烧
自由自在，几多逍遥

用闲心畅饮一杯闲酒
品赏勾兑外的原汁味道
用闲时来上一程闲游
徜徉放牧人的地阔天高

用闲情唠唠一回闲嗑
释放性情人的纠结闷骚
用闲趣追寻一处闲乐
潇洒季节里的夕阳妖娆

做个全天候的自我主人
还我素颜真实的堂堂相貌
让风风雨雨的春秋晚晴
吟哦人生如梦的心灵歌谣

做个乐天派的时光潮人
还我一腔率真的心高气傲
让未了夙愿去开花结果
留下生命无悔的叠彩写照

2020 年 3 月 1 日深圳

## 大梦方醒

多少次，我从梦中惊醒
白发人找不回逝去的青春
归去来兮，向死而生
生命的长途原本没有返程

从赤条条呱呱而来
到赤裸裸光光而去
满打满算仅三万多天
生命乃是生老病死的过程

曾经春风得意的自信
一生风风火火的追寻
所有耕耘的开花结果
终将被岁月大风刮干卷尽

那些醉生梦死的酒色财气
都是生活中的浮光掠影
那些欲火燃烧的功名利禄
也都是人间的过眼云烟

人生向晚，来日并不方长
哭和笑的日子所剩无多
跟着日月走，与时光温存
把生涯的赛道留给后人

世上不公道的是人的命运
可我一辈子都在捉摸抗争
为让灵魂不再漂泊流浪
我估摸着向生命修行

靠天怨命，拜佛求神
莫如让自己心海淡泊宁静
珍惜一切遇见的缘分
呵护好所有的至交亲情

要说世上什么是千般好
哪能好过自己的血肉生命
欲论人间什么为万事大
哪能大过自己的健康根本

老了就想图个耳根清净
晚晴人终归要收心安分
谈梦想奢侈，谈幸福矫情
莫如乐天乐地，多发笑声

什么时也，运也，命也
不过是追梦抖落的风尘
无论谁都是天地间过客
知足常乐，过好当下时光

吃我想吃的口福美食
看我爱看的眼福风景
找我要找的欢悦快乐
莫负爱我的人和我爱的人

昨天的繁花付与流水
留下爱，其他撒手清零
但愿平安，伴我终生
唯有快乐，告慰今生

2022 年 3 月 29 日深圳

第十二辑　爱在生死间

## 天下父母心

儿已成人
可还是老爸的娇郎
女已成家
依然是老妈的姑娘
长不大的儿女
放不下心的爹娘
自从宝宝呱呱落地
就把那份牵挂拴在心上
为了养育这棵命根子
甘愿一生心血流淌
即使老蚕作茧
也要为儿女吐丝纳裳

儿行千里
走不出老爸的胸膛
女嫁他乡
飞不出老妈的心房
疼不够的儿女
爱不尽的爹娘
看着孩儿学舌举步
就把那份盼望藏进梦乡
为了托起这颗小太阳
无悔一生铺路架桥
哪怕风烛残年
还要把儿女前程照亮

天上月亮夜夜心

人间父母绵绵情

父母心，子女情

一腔绝唱古到今


2000 年 1 月 29 日深圳

## 慢了城，暖了心

依然是姹紫嫣红
花前却不见恋人携行
依稀是莺飞草长
绿茵却不见欢腾哨音

依旧是流光溢彩
长街却不见车水马龙
依然是万家灯火
楼群却户户闭门齐暗

乍暖还寒的虎年初春
掩帘好梦，蓦然惊魂
南方这片海湾热土啊
籁杜鹃啼血，万象隐形

虽不见行人，也不闻其声
谁都懂其人，其踪，其心
都在祝福，都在较劲
为了春暖花开，众志成城战魔瘟

城市慢了，按下暂停
这方热土都在争夺春
天使白，志愿红，监护蓝
筑成一道道热泪婆娑的风景

你的难，就是我的痛
大难时不离不弃格外亲
四方爱，迎来八方情
大灾中守望相助一家人

危难中多少人冒险上阵
无声处多少人默默献身
不知你的姓，不留我的名
只为承诺来了就是深圳人

口罩勒紧了你的面容
满眼放射着火热的情
多少个无眠的日日夜夜
呵护生命，驱赶瘟神

低头想念我深爱的人
抬头看见深爱我的城
人性的光点像满天繁星
这里聚集有梦有爱的心

祖国大树，洒满绿荫
远方还有多少人结缘同行
吉星高照，岁月如歌
爱的激情燃烧着又一个春

2022 年 3 月 21 日深圳

## 大难归来

惊天地，泣鬼神
那可是亦幻亦真
故事就发生当下
生死浴血战魔瘟

万众心，众志城
大地踏碎锵锵声
你我参与都亲身
风口浪尖摆渡人

不见人，不闻声
车水马龙都隐形
你的难，我的痛
四面八方都是情

天使白，监护蓝
志愿红影忙兼程
慢了城，暖了心
海湾热土处处春

追梦人，勿惊魂
于无声处有知音
莫忘深爱我的城
更有牵挂我的人

大爱无疆的故事
起死回生的神话
凤凰涅槃的传说
都在目，都曾经

从前故事里的春
惊艳天下一夜城
如今故事里的人
大爱路，踏歌行

凄风苦雨是面镜
那是冬，那是春
生死危亡是杆秤
爱多重，利多轻

大难归来长眼神
谁是妖，谁是亲
浴火重生添记性
安为福，命是金

祖国爱，同胞心
风雨之中见真情
华夏儿女生福地
惜光阴，多感恩

2022 年 3 月 31 日深圳

## 白衣天使

走近你，与我一样的凡人
远望你，和我相同的青春
追寻你远去的白色身影
我看到你留下不同的累累步痕

多少年，你以仁心呵护人心
多少次，你用生命挽救生命
在那殊死较量的危难关头
你豁出生命搏斗死神

看见你，我在心中油生崇敬
想起你，我的双眼热泪涔涔
挥去纷纷扰扰的人间尘埃
你让我看到白衣天使的灵魂

虽然我和你彼此间陌生
你用无言的爱让我读懂人生
虽然奋斗病魔的故事淡淡远去
我要高歌你啊我生命中可爱的人

2020 年 2 月 25 日深圳

# 逆行者

（朗诵词）

你的身影穿行在街头巷尾
为千家万户送去浓浓春意
你在千难万险中逆行而上
风风雨雨中追寻十万火急

你挺直脊梁颠簸月黑风高
守望相助在家园南北东西
你甘为岁月静好保驾护航
在沧桑天地呵护人间生命

你顾不上与花好月圆陶醉
大难归来何惜浑身汗水血渍
你总是在大灾中献出大爱
生死关头义盖云天忘自我

把哭变成笑，把悲变成喜
你让不测风云化作彩虹丹桂
你是及时雨，你是渡难船
你的仁怀侠胆温暖我们心里

2022 年 8 月 13 日深圳

## 二泉映月

一朝一夕，一根苦竹辅助
深深浅浅，引你探找行路
一生一世，一把二胡伴身
喜怒哀乐，助你消解孤独

苍天啊，对你太不公平
为何降了盲夜，又罚穷和苦
漂泊流浪，整整一生
终年不知太阳月亮为何物

命运啊，对你太过无情
风虐雨打，藏身茅屋
穷困潦倒，流落江湖
不知漫漫长夜何时熬到尽头

你可曾怨恨过暗无天日，
东西南北，不知何方是出路
你不惜花开花落，送寒迎暑
春夏秋冬，不知身子在何处

也许你春花秋月其心早死，
不死的是你手中的那把二胡
其实你琴声悠悠一无所求
追求的是你心中不竭的音符

任它风轻云淡，几度春秋

你让心事在琴弦上翩翩起舞

任它人间冷暖，世态炎凉

你把苦乐在旋律上尽情泣诉


都在说天生我材必有用

谁知道天妒英才负无辜

不叹一生穷，不怨一世苦

二泉的月是你命中不沉的舟


我多愿惠山的泉水常流

我祝愿泉中的映月如初

天边的音魂，请多多来聚

我为你洒泪哭，我为你歌不休


2022 年 6 月 7 日深圳

## 爱在春天

复苏的春天来了
我想去寻找爱
跟着莺飞草长
追寻人间的桃红李白
让花儿绽放的美丽
在我的人生中满乘满载

美丽的春天来了
我想去拥抱爱
吻遍万紫千红
潋滟岁月的花季风采
让梦中曾经的憧憬
在我的春秋中纷至沓来

温暖的春天来了
我想去谈场爱
对话呢喃燕子
倾诉满腔的喜乐悲哀
让大小远近的忧伤
在我的心目中清零剪裁

多情的春天来了
我想去牵手爱
守望依依柳
圆满心中的执子情怀

让远方牵挂的姑娘
在我的守望中登上喜台

春天来了，春天来了
迎着时光迷人的节拍
莫要辜负了春暖花开
莫要贻误了梦想期待
早耕耘，抢播种
让春华秋实丰盈叠彩

2019 年 9 月 29 日深圳

## 迭代母亲

母亲回忆母亲
一个盘发裹脚的妇人
嫁鸡随鸡去
春秋守家门
背着三纲五常
牵手三从四德
颤颤巍巍走完一生
啊，如水泼出的女人
逆来顺受的孺女人

我曾想起母亲
一个相夫教子的女人
鲜见出厅堂
常年困厨房
操持油盐柴米
尝尽辛酸苦辣
节衣缩食走进黄昏
啊，愁过嫁衣的女人
风雨惊魂的苦女人

如今我是母亲
一个阳光路上的丽人
生来染红尘
唯爱俏心灵
总是痴情多梦

宛如花季彩云
诗和远方来往追寻
啊，风情万种的女人
岁月如歌的潮女人

我们迭代的母亲
大相径庭，不近人情
一样血肉柔情的女人
一样向往着幸福终身
迥异的人间背景
别样的遭遇命运
后人可知前人的故事
人物唏嘘，母性永恒
啊！万古流芳的母亲

2019 年 1 月 26 日重庆

## 父母心

屋檐水，点点滴
舍身一跳润乡泥
瓜中孕育的小籽仔啊
血浓于水的话传给你

为了寻觅梦中的你
未见模样就叫小宝贝
一根脐带连着两条命
十月怀胎多么不容易
自从呱呱落了地
父母就把心思交给了你
望子成龙望花了眼
拉扯长大累弯了背
为了托起小星星
打马肩头也要挺身做人梯

为了培育梦中的你
爹娘甘愿为仆无怨悔
苍天在上见证殷殷情
牵肠挂肚心血忙传递
把你带到人世间
又把你从怀抱养到心里
抚养了这代远不够
还要操心你下一辈
无论儿行万里远
父母总是身后倚靠的天地

两代人命相连心相惜

今天的我，明天的你

为人父母才识父母心

为人父母才知父母爱

为人父母才懂父母恩

为人父母才惜父母贵

2006 年 9 月 6 日深圳

## 孩子妈

一顶花轿抬上她
从此嫁进烟火人家
照顾老公婆
拉扯子女大
一天到晚惦记他
冷暖相依到天涯
孩子们，孩子妈
你心中滚烫着爹娘话
家和万事兴啊
一门心思两头挂
几番梦里回娘家
淡忘了本姓啥

一面老镜再照她
风霜岁月吹皱脸颊
用心过日子
用爱来当家
为人妻，为人母
守着门槛度年华
孩子妈，孩子妈
你尝尽人间的苦和辣
贤妇旺三代啊
谁知笑中含泪花
奈何容颜散尽霞
寒冬熬过炎夏

孩子妈，孩子妈
世上多少孩子妈

牵着娃，扶着他
身上背着沉重的家
走过春秋，走过冬夏
满头青丝走到两鬓白发
走进诗，走进画
走进了人间传颂佳话

2003 年 4 月 26 日深圳

## 哦，妈妈

小时候离不开妈妈
颠东颠西，问这问那
多少次埋头怀里撒娇
吵闹着跟你不想长大
妈妈微笑，含着泪花
娃呀娘盼你快快长大

如今我已成年长大
当起了孩子的爸爸
可你还在掰着指头远望
夜夜无眠为我念记牵挂
儿子在你的心目中
永远是长不大的娃娃

哦，妈妈，孩儿成了家
一声叹息，你已满头银发
我还来不及好好报答
可你还是对儿放心不下

哦，妈妈，亲爱的妈妈
若有来世，我还做你的娃
我要守候身边一辈子
当你的牛，做你的马

2019 年 9 月 20 日深圳

## 妈妈，请让我梳头

难忘小的时候

妈妈常常为我梳头

梳过羊角丫，梳过泡泡花

梳过马尾辫，梳过刘海头

梳啊梳，梳啊梳

从小妞一直梳到玉立慧秀

这个梳头的故事

伴随在娘家成长的花季春秋

记得离家的那天

妈妈举起颤抖的双手

为我梳了终生难忘的嫁妆头

只见妈妈的眼里啊

含着热泪涓涓流，涓涓流

闺女啊！娘俩再也梳不了头

这把多年的小木梳

当作一份心意把它随身带走


如今静下心来

我好想给妈妈梳头

梳出青丝来，梳出黑瀑布

梳出杨摆柳，梳出女人秀

梳啊梳，梳啊梳

真想把白头梳出健康长寿

还是梳头的故事

反哺在母女相依的心底最柔

记得有回照镜子

妈妈瞪大眼睛直惊呼

夸我梳头是她领受的好礼物

又见妈妈的眼里啊

噙着泪花默默流，默默流

女儿啊，你还是妈妈的心头肉

老娘那副美滋滋的神情

在我的心中留下滚烫的画图


2016 年 8 月 7 日深圳

总难忘，我老爸的那副眼光
好像时时刻刻围在我身旁
一直紧盯到我春夏秋冬
形影不离，伴随成长

小时候，畏你威严的眼光
顽皮的我常与你东躲西藏
多少回你逮着我的撒野
飞来巴掌，代为惩罚

长大后，躲闪你挑剔的眼光
年少的我怕跟你撞上高墙
多少次你迎面浇来冷水
谨防傻帽，止步荒唐

工作后，期盼你鼓励的眼光
青春的我常见你满眼希望
多少事你为我煞费苦心
加油鼓劲，挺我闯荡

困苦时，渴望你排忧的眼光
茫然的我寻求你指点迷津
多少愿你为我稔熟在心
思前想后，谋尽良方

## 老爸的眼光

往后来，迎接你慈祥的眼光
成年的我总见你满目念想
你常掰着指头向我遥望
夜夜无眠，牵心挂肠

到如今，你已化作苍天星光
还把缕缕余晖披到我身上
眼神寄梦总在心头萦绕
怀念如斯，泪洒远方

我多想还有老爸的眼光
那是人间温暖的缕缕阳光
我多想留住老爸的眼光
那是岁月无尽的福佑恩光

啊！老爸远去的眼光
其实一直还是我灵魂的门窗
啊！老爸难舍的眼光
还将伴送我跨越那山高水长

如今我和孩子们时常相望
都说我眼神透着爷爷的目光
像一束生命不息的薪火
代代相传，千秋恒昌

2019 年 9 月 22 日深圳

第十三辑 窗外的琴声

## 窗外的琴声

谁的琴声飘出窗户

好像心事在键盘上倾诉

多少喜怒哀乐

向着陪伴的时光尽情表述

那悠扬缠绵的琴声

宛如潺潺涌动的溪流

流着，流着

流到了我平静的心湖

来吧，朋友

莫要演绎无言的孤独

在这和风习习的夜晚

我们共享月光铺满的音符


谁的琴声飞出窗户

心愿如歌在键盘上起舞

多少喜闻乐见

向着远方的亲人悉心捧出

那热烈多情的琴声

犹如奔放倾泻的瀑布

听着，听着

搅动我难平的心湖

来吧，朋友

别再沉迷琴房小楼

沿着风华正茂的岁月

我们踏着青春律动的节奏

多少次我循声仰望驻足

寻找乐章中蹁跹的脚步

人逢知音，结缘有故

琴声在我心中此起彼伏

在相见不相识的园区

点赞分享到琴声音符

在天涯乡愁浓的时候

感谢键盘敲出的祝福

隐形陌生的琴友啊

嘤嘤心鸣，时时处处

我多想牵着你的手

与恬静的时光共度

到天籁世界翱翔追逐


2018 年 11 月 26 日深圳

## 春到人间

窗外飘来潇潇春雨声
像绵绵絮语倾诉不停
窗内响起朗朗欢笑声
像悠悠溪水泻流不尽

窗外的雨声声声入耳
淅淅沥沥，润物纷纷
窗内的言语句句走心
浓情蜜意，醉人牵魂

窗外那边有何变幻
可问那风，那雾，那片云
窗内人儿此情此景
也许是梦，是歌，是热吻

窗外那边说了什么
可问那草，那花，那棵树
窗内人儿聊了什么
也许是爱，是情，是憧憬

一样的时光，别样的风情
雨声和人声交响在梦境
黎明的红霞，脸上的红晕
都是春到人间的心曲和鸣

人间又逢春，恋人正怀春

大地和人心滋润悄无痕

万物喜复苏，人心欲踏青

都是春到人间的浩荡之恩


2018 年 3 月 23 日深圳

## 花谢了 有诗留

雾蒙大地，山寒水瘦
风吹荷塘，蹙起眉皱
那片不解风情的落英
让谁的眉宇染上新愁
花谢了，付与水流
人走了，旧情难收
但见月下疏影处
有人还在默默守候

落红随风，蹁跹起舞
远处笛声，吹上西楼
那双多情飞来的紫燕
让谁的旧梦又牵衣袖
花谢了，曾有诗留
花开了，盼望归途
又见垂柳弄枝梢
撩拨新绿盎然心头

2018 年 12 月 1 日深圳

## 都市美容师

午夜昏暗的灯火

摇曳在他沧桑的脸庞

为了脚下的大地洁净芬芳

不惜常年惹尘自染形象

像云雾中的幽月

隐形在大街小巷

挥舞一把扫帚

把嗖嗖音律送给都市梦乡

星光闪烁着眼神

相伴他默默无眠的晚上


五更凛冽的寒风

刮在他孤单的身上

为了陌生的他人心境敞亮

身手大书特写风尘乐章

像夜幕下的艺匠

梳理着草净花香

挥洒无尽汗水

让人间家园常驻美颜容妆

朝霞燃烧的时候

辉映他滚烫的无名荣光

我们不曾相识他倩影模样

总是难忘他岁月静好的犒赏

我们陶醉春花秋月的艳丽

也常品读他美美与共的诗行


2018 年 7 月 18 日深圳

## 再见康桥

——重读徐志摩《再别康桥》

记得那年春暖花开

我读着《再别康桥》

轻轻地走来

寻找那金柳河畔的新娘

怀旧撩拨鲜见

波光滟影，荡漾心脉

依依惜别时

总想带走多情的云彩


记得那年丹枫飘来

我轻吟《再别康桥》

悄悄地再来

漫溯那青草芳踪的故事

沉醉悠悠斑斓

柔波放歌，万千感慨

挥袖星辉去

带着斯人眷恋的情怀


我在康桥徜徉徘徊

流连诗里，探幽诗外

我在康河摆渡往来

重温旧梦，品味风采

走过多少人生驿站

又去岁月长河放排

唯有与爱悄悄同行

生命才如此绚丽多彩

啊，斯人再别康桥
留下故事，风流年代
啊，今人再见康桥
延续故事，寻找真爱
我在红尘滚滚的路上
轻轻地去，悄悄地来
任凭它多少风风雨雨
只为追逐心中那片云彩

2019 年 1 月 3 日深圳

# 寻找美丽

也许太久太久的痴迷
我一生都在寻找美丽
从梦里追寻到梦外
痴心不改，真情不息

我的美丽啊，你在哪里
万水千山难找到踪迹
是花，是画，是景
谁是那道难解的谜题

其实美丽一直就在那里
她在等待，没有距离
当我发现了她的时候
那种惊艳让我心醉神迷

她的眼神如春光乍泄
她的心灵像秋水清溪
当手牵着手的时候
彼此已和谐了心跳呼吸

哦，当美丽走出诗情画意
她的遇见那样寻常可期
当美丽温暖了匆匆岁月
我的人生也在绽放美丽

2019 年 1 月 23 日深圳
（易新南、单协和）

## 风流虫

都说人生多梦

我说一生绕风

你从风中走来

我向风口走去

谁在世上不遇风

无处不在总相逢

昨天寻梦追过风

今天贪醉避开风

热风寒风朔风季节风

大风小风微风狂台风

形形色色的东风西风

都让人在岁月中过往适从

难忘焦躁中遇凉风

脑洞大开显灵通


都说人生爱宠

其实一生追风

你借风去北漂

我乘风往南下

谁说人生不经风

冬去春来有淡浓

昨天得意像春风

今天乡愁刮秋风

顺风逆风旋风飘零风

媚风威风抖风温柔风

无影无踪的阳风阴风

时时处处起停在身外心中

多少甜蜜的耳边风

句句走心有神功


平生卷进漫漫风中

南风北风山风海风

人生就是缕缕世风

晨风晚风清风香风

若说望风喜闻乐见

迎风顶风披风追风

风头遒劲最是潇洒

跟风采风兜风炫风

风儿吹来像无声的歌

悠悠拂面如无形的诗

风与春秋伴，风与岁月行

我是人间的一条风流虫


**2019 年 10 月 14 日深圳**

# 马尾辫，红罗裙

一束马尾辫

像一株钻土芽

像一朵报春花

像一枝杨摆柳

那一束束马尾辫

闯进了长街画屏

摇曳着青春气息

舞动一股股都市风韵

是她飘逸芬芳

让鲜花蝴蝶逊色惊魂

是她牵动悠扬风铃

让匆匆的时光忘了赶路前行


一袭红罗裙

像一团火焰

像一颗流星

像一片彩霞

那一袭袭红罗裙

活跃在纷繁市井

摇滚着千姿百态

留下一串串美丽倩影

是她闪烁风采

让流年岁月妖娆万分

是她留下多少遐想

让多情的脚步一路追踪狂奔

哦，少女的马尾辫

好一幅泼洒的神笔丹青

好一抹亮丽的人间风景

你让沧桑世道蝶变花季春城

哦，少女的红罗裙

好一只缀彩的红色蜻蜓

好一道迷人的春秋风情

你让童话世界走出梦幻憧憬

2018 年 9 月 28 日深圳

# 旗袍

若知世上的风光妖娆
请看旗袍傍身的摇姿风貌
若追人间的风尚潮流
请看旗袍显摆的风情时髦

若问女人的经典符号
远望旗袍修身的婀娜窈窕
若品女人的风韵气质
近看旗袍加身的顾盼浅笑

那身装束简约曲线柔腰
那袭装扮突显妩媚年少
那幅靓影飘逸盈袖香魂
那派神韵律动梦幻歌谣

人生舞台披戴曼妙旗袍
一路春色不尽千媚百娇
青春岁月相伴多彩旗袍
花季雨季平添乐趣情调

旗袍是女人芳华的彩照
旗袍是男人目光的聚焦
旗袍是人间舞动的春潮
旗袍是岁月不老的离骚

哦，穿上迷人旗袍
让你人生平添风采自豪

哦，常服多套旗袍
让你意犹不尽美丽称傲

啊，爱上华服旗袍
为我中华大美推崇炫耀
啊，拥有华服旗袍
让我中华风景惊艳领俏

2018 年 1 月 6 日深圳

# T台竞秀

T台长长，佳丽窈窕
款款走来，炫艺过招
前面风姿绰约
后面风韵俊俏
美色荟萃的舞台
让靓丽的青春自豪
台上绽放花容娇
台下谁解泪花笑
好一面人间多棱镜
折射星光，折射时髦

T台长长，时光曼妙
霓裳羽衣，各领风骚
走过时尚酷派
走来华服美貌
百花齐放的季节
把万众的心神迷倒
台前尽显萌太潮
幕后谁知汗水浇
好一个生活万花筒
旋转风情，旋转聚焦

2017年5月9日北京

## 女人心

若猜女人何所求
最想攥住时间慢慢走
赶早忙妆容，青丝梳花头
唯恐转身又到黄昏后

若问女人何所有
最愿追寻青春杨柳瘦
人前嗔声细，长街漫步闲
远避叶枯花黄落水流

女人拉着时光袖
最是春风得意杨摆柳
花季雨季时，自顾窃窃羞
盼得风花雪月甘守候

女人迈开岁月步
最爱青葱抱蕊摇枝头
多少无眠夜，盘算小九九
梦中肩头倚靠到永久

爱不够啊恨不够
春心深处几多莫名愁
日出日落间，不忘人生秀
泪水盈盈姿色润娇柔

美不休啊靓不休

将身拖住年轮不撒手

风华高于天，红颜当幸福

风雨护花如梦度春秋


2019 年 10 月 18 日深圳

再迎嫁

草帽盖着青丝秀发
遮不住如花的风韵年华
汗巾拭着粉红脸颊
擦不去岁月的春光流霞
背上背着春秋冬夏
嘴里咽着酸甜苦辣
汗珠子湿透花衫
田野上蹁跹着那双脚丫

扁担压着娇嫩肩胛
压不垮多情的梦想天下
纽带连着娘亲婆家
累不尽无悔的老少细娃
巧手描红缝补桑麻
心思费尽柴米油茶
笑眼间暗涌泪花
风雨中守候着初心佳话

好个农家女哟
你是芳心烂漫的人间山花
好个农家女哟
你是花好月圆的乡土奇葩
流年失散的农家女啊
如今你在哪儿，你在哪儿
我不想你走进诗

我不想你描成画
我不想你成为传说
我只盼你重返烟火人家
还有多少人在翘首企盼
捧着心窝子为你再迎嫁


2016 年 7 月 16 日惠州

## 面纱

奈何常在云里雾里挣扎

眼前风情让人魂迷眼花

为啥老在黑白时光茫然

多少来往让人莫名惊诧


究竟是佳人还是芭娃

让我掀开那层彩妆面纱

看看面容是乌云还是彩霞

看看微笑是和风还是飘沙


到底是挚友还是人渣

让我揭去那块薄面纱

看看表现是矫情还是风雅

看看心灵是杂草还是鲜花


一层面纱隔着真真假假

一只心眼洞察岁月天下

真实如金，明白如神

不屑的实在，圆梦的奇葩


2018 年 9 月 23 日深圳

## 季节风

无影无踪常让人迷茫
无处不逢又招人遐想
任性狂放的季节风啊
请与我联手一个愿望

请复苏的春风早渡北方
让温暖的春意潜心荡漾
请火辣的夏风少点热浪
让炎热的夏暑多些清凉

请扫叶的秋风延缓霜降
让收获的秋天多留金黄
请冷漠的朔风少些疯狂
让寒冻的冬季蕴藏能量

季节风啊请多怀柔善良
把清风明月送与人间分享
季节风啊请成爱心使者
把平安吉祥吹向四面八方

2017 年 6 月 6 日开罗

第十四辑　相思在清秋

## 相思在清秋

又逢枫红菊黄的金秋
难忘大雁南飞的时候
我站在行人匆匆的街头
把你的芳影静静等候
多少次我咏叹秋水长天
盼望你归来乘轻舟
牵手流连花前月下
温暖一腔牵挂几度秋

每逢天上的新月如钩
总是伫立远望在窗口
为了远方那不了情缘
随风唱出心中的相思曲
多少次我把酒黄昏后
盼望一缕暗香盈袖
聆听凤竹轻敲临窗
陶醉枝头蝉声共与秋

人说霜叶红于二月花
为何我像一叶飘零的秋
都说花好月圆最销魂
为何我秋雨绵绵梦也愁

2017年10月16日深圳

共品菊花黄

来不及感叹人生匆忙

又见到天下一片金黄

又闻到十里丹桂飘香

好美好美的金秋

盛装了大地

惊艳了时光

我借习习秋风

与你婉约时光

合唱九月九

共品菊花黄


来不及摇扇仲夏热浪

又相遇万家忙添衣裳

又领略白露喜降银霜

好爽好爽的金秋

陶醉了人间

恬淡了忧伤

我借皎皎明月

与你共进梦乡

痛饮中秋酒

久醉到重阳


2017 年 9 月 15 日深圳

## 致同桌的你

年少时想你又不敢想你
年老时想你又难于想你
如今走到了黄昏夕阳下
让我静下心来好好地想想你

难忘你当年的矜持靓丽
难忘你高高飘逸的马尾
你就像一抹闪亮的春光
从我的眼内走进我的心里

那时候不知有心还是无意
见面总是莫名羞涩心跳不已
你我好像横着无形的三八线
彼此常在心头如猜度捉迷藏

曾经想过写张纸条递给你
也想找人帮助转达心意
追悔没有走出勇敢的那步
久违青春之火燃烧一起

走过了迷恋的花季雨季
我们走进了岁月的沟坎里
当我敢想敢追你的时候
你我随风远去，情有所依

咫尺爱相隔十万八千里

那一声叹息藏在心底

我多想还能有重来的爱啊

怀旧那段初恋，依然甜蜜


每当我在故事里回忆你

心里总是隐痛，欲哭无泪

哀怨爱与被爱阴差阳错

如今遥相念想也是人生好戏


啊！多想乘上和风之旅

把我迟来的表白捎给你

啊！多想借来月光一缕

把我青春的花絮献给你


听见了吗，同桌的你

领情了吗，同桌的你

……


2019 年 9 月 24 日深圳

## 没有同框的爱

难忘那个时代
你我都是天真烂漫的小孩
过家家，骑竹马
彼此楞个是两小无猜
阳光下茁壮成长
悄悄有了莫名的底线边界
见你脸红，看我心跳
相互都在渴望中矜持徘徊
作萌也秀，犯傻也帅
都在隐秘着羞涩的情怀
谁知道花季雨季路上
爱的迷藏，迷藏的爱
见证的日记在发呆

走进当今时代
还是难忘天各一方的初爱
月光下，夜梦中
青梅竹马又鲜活起来
那场初恋的故事
依然滚烫风尘的内心世界
告别昨天，屏住叹息
多情化作无形的联袂纽带
人生如梦，岁月如歌
我们揣着情结走向未来
未曾同框的春秋守望

爱的牵挂，牵挂的爱
化雨的春风也喝彩

也许曾经的爱不能重来
爱过了人生留下精彩
我那收藏在箱底的故事
揭开盖又相逢在春暖花开

2021 年 10 月 16 日深圳

## 心窗

你我都有神秘的心窗
它躲在眼睛的背后隐藏
都说从这里看清世界
它在纷繁的天地日夜守望

都说这扇神奇的心窗
窥测着人间的毫厘万象
都说从这里通往灵魂
它在不知不觉中猎奇时光

打开你那羞涩的心窗
让我看看你想我的模样
在你多情的眼睛里
有没有闪烁迷恋我的影像

敞开我那微妙的心窗
让你看看我想你的傻样
在我憔悴的面容里
有没有掩饰牵挂你的惆怅

推开你我封闭的心窗
让彼此看清相恋的憨样
在红尘滚滚的日子里
可如夜空皎月把心头照亮

唯有这扇曼妙的心窗
让相互看透心思和念想
在千里迢迢的遥望中
也能敏感触摸到无言衷肠

倘若你我进入了心窗
请与子携手走进那同框
在岁月悠悠的长河里
并肩撑竿划桨，追波逐浪

放开追风纵情的心窗
让我们眺望迎面的远方
在未来茫茫的长空里
携手迎接风雨，放飞梦想

2015 年 10 月 13 日东莞

## 从眼睛到心灵

假如有人闪入你的眼睛
是否录入到心仪的视频
假若有人潜入你的心灵
是否联想到寻找的恋人

如果让我闯进你的眼睛
是否编织成美妙的风景
如果是我走进你的心灵
可否赢得了牵手的缘分

且请你问问自己的眼睛
有没有守候过我的身影
再请你查查自己的心灵
有没有留意过我的姓名

让我好好看看你的眼睛
是不是收藏了我的感情
让我悄悄问问你的心灵
能不能融进了我的梦境

倘若过了眼睛录像功能
还请成像再过心镜这轮
假如你我彼此走心生情
真爱假爱请让时间证明

但愿你我眼睛如此幸运

唯愿彼此心灵珍惜缘分

让我们红尘中牵起双手

走向每一个幸福的黎明


2015 年 10 月 16 日东莞

## 玫瑰 在这里

当今世上多少好姑娘
走过了人生花季雨季
来到了芳心绽放的花期
在梦里，在心底
在滚滚红尘中寻寻觅觅
岁月如流，花开花落
多想收获心中那朵玫瑰

若找唯一，说难也易
请先把追寻的目标清晰
在那茫茫的人海中
目光如炬，可别游离
高不成，低不就
择偶不任性，条件当适宜
然后啊，结缘再择良机

其实，天涯何处没芳草
姑娘，请朝这方关注留意
且把手中绣球抛向这里
就在你的耳目所及
早就有张开迎接的双臂
梦中的他，就在身旁周围
有人也在苦苦寻找你

他在书山学海里呼吸

他在潮起潮落中奋起

他在风霜雨雪中挺立

他在朝花夕拾中痴迷

也许啊也许的也许

他在你身旁埋头努力

他在诗和远方跋涉苦旅


姑娘啊，他就在这里

守望你，拥抱你

姑娘啊，他就在这里

共命运，同呼吸

他正捧着鲜艳的玫瑰

走过来，靠近你

他要执子之手找伴侣


姑娘啊，梦想如诗如歌

爱过了，追过了，用心了

王子和幸福都属于你

玫瑰花月季花簇拥着你


2018 年 12 月 21 日深圳

## 遇见

我不能忘记
那次偶然的遇见
你那羞涩如花的微笑
久醉在我萌动的心田
遇见了还在念想着遇见
心河追溯着我遥望的岸

我不能忘记
那回故意的遇见
你那秀发飘逸的芳香
撩发了我青涩的初恋
遇见后总是渴望再会见
未了情装满我摇橹的船

我多想化作一缕清风
轻轻地吹到你的窗前
与你一帘幽梦
一起憧憬明天
去迎接春暖花开
让邂逅钟情变成美好夙愿

我总想变成点点星光
淡淡地洒到你的床前
与你相依相偎
共享花好月圆
在故乡晨钟暮鼓
愿执子之手走过岁岁年年

遇见，巧逢的遇见
茫茫人海幸运牵手有缘
遇见，勾魂的瞬间
青春之火撞击燎发共燃
遇见，难忘的相见
是你送给我人生的春天

2018 年 7 月 30 日深圳

# 相濡如流

## ——致结伴致远情侣

莽原，草甸
你是那脉涓流
从昨天出发
到远方畅游

山涧，峡谷
我是这条溪流
向明天涌去
朝未来奔走

天上斗转星移
人间轮回春秋
你我潺潺不息
同向往，同追求

天地作美时候
邂逅相遇合流
淌过茫茫大地
浪花欢，歌不休

偶合岁月悠悠
我们相融灵肉
朝着泱泱大道
柔情侠胆，奔腾不息
同夙愿，共潮头

水上波谲泛舟

水下湍激汹流

我自偶合一体

初衷满怀，相濡向前

同皓首，不回头


终归携梦牵手

总在一起长流

任它千回百转

流向大海，流向远方

与天长，共地久


2019 年 10 月 26 日深圳

## 心思

红尘牵手是我寄托的情意
愿春风把一片心思捎给你
也许默契是我真实的表白
岁月无言含情在相偎相依

太阳落了，我在月下守你
烟雨来了，我在路上陪你
天地冻了，我在心里暖你
喜鹊闹了，我在歌里唱你

大雁飞了，我在风中盼你
夜深静了，我在梦乡寻你
人间困了，我在天堂等你
今生别了，我在来世约你

花开了叶黄了我都在等你
其实我的爱一直就在那里

2017 年 6 月 13 日深圳

# 梦之歌

时光总是匆匆流淌

多少往事在月色中荡漾

我唱起飘香的茉莉花

你的花瓣飘落身旁

忘不了故乡的小河边

你为我添上暖心的衣裳

几番吻唇，欲语无言

为我留下了深深念想

再见脉脉含情的你

双眼盈满晶莹的泪光

你那串滚烫的泪滴

在我的心里溅起无尽芬芳

比茉莉花还幽，更香


岁月转回那个晚上

相思情歌在阵风中忧伤

我吟唱多情的茉莉花

惊见花瓣散落成行

睹物思人，怀旧如潮

满腹都是那儿女情长

再走回牵魂的小河边

我想为你披上心仪靓装

追寻梦里梦外的你

满眼尽是沧桑的风光

你那副温情的模样

总是如影随形在我的岁月

像玫瑰诗吟哦，歌唱


2018 年 1 月 5 日深圳

# 红颜

记得那年邂逅
头上一轮明月多情作伴
美在眼中，萌在心里
宛如畅饮美酒，醉了红颜

难忘多年天遥地远
身旁清风缕缕绕过无眠
牵肠挂魂，日夜缠绵
多少恋歌倾诉，愁了红颜

如今常常回眸从前
仿佛人生历尽沧海桑田
初恋难忘，往事如烟
时光流走落花，老了红颜

念想红颜，情亏红颜
愧对我心中不落的艳阳天
我多想与其执手共欢
偏偏漂泊单相思的风景线

人海茫茫中幸遇红颜
那是生命中的彩虹乍现
相逢欲求，青灯捻愿
叹息那颗星星还挂在天边

我曾问地，也曾问天

为何相爱的人有情无缘

我曾扪心，也曾求神

何时人海有幸，拥抱红颜


2019 年 7 月 14 日深圳

# 相思渡口

一江春水向东流

我披雨等你在渡口

帆影悠悠

涛声依旧

缕缕离愁上心头

且把心事交客船

为你去停留

莫忘人约黄昏后


又逢春江花月夜

我迎风等你在渡口

月光幽幽

愿景依旧

早备接风对饮酒

又把心愿托春风

寻你牵衣袖

莫负月上柳梢头


人忆江南下扬州

我忆江南守瓜洲

人间三月醉烟花

我逢三月烟雨瘦


2017 年 12 月 9 日扬州

（易新南、单协和）

## 热饭，留在锅里

太阳晒到窗楣
你又以鼾声向家报到潜回
写张字条道别
我走了，热饭留在锅里

外面变了天气
你那些鼾声撞入我的心底
发条微信提醒
别忘了，添加防寒雨衣

出门路滑拥挤
你那溜鼾声在我脑子撞击
留段微信语音
为安全，赶路别慌性急

我常常想你多么不容易
可你只把影子留在家里
从此字条作别代替吻别
你我之间玩起旅馆游戏

望一眼同框的婚纱影集
仿佛也在降温默默流泪
但愿锅里的饭吃在一起
但愿身上的衣温暖四季
但愿别作影子打卡夫妻
但愿同枕的鼾声欢歌梦里

2021 年 3 月 2 日深圳

## 屋檐下的故事串

记得连个爱字都没说出口

你就把一颗心交给我带走

记得只有大红双喜贴上窗花

没送彩礼，没披婚纱

唯有墙上一张黑白照片

定格了命运相连的永恒

一路风雨，磕磕绊绊

相互搀扶，左右身边

我擦去你的愁云

你抚平我的伤痕

咸淡苦辣过日子

喝瓢清水也甘甜

红豆枕梦乡，不忌也不猜

患难相伴岁岁年年

一条藤上的俩苦瓜

情连着心，命连着深深的根

看着孩子越来越像你也像我

心头比干碗老酒，还醉酣

啊，苍天把未来送到我们身边


难忘牵手从朝阳走到夕阳

多少次天南地北迁徙辗转

难忘在那风侵雨打的日子里

没有华堂，没有光环

只有那间小小寒舍昏灯

包容了我们共同的人生

悲欢离合，苦乐炎寒

一团和气，日夜缠绵

床头怼嘴床尾和

一声叹气两心悬

我成了你的一半

你成了我的春天

楞个是掏心掏肺冷热守望

暑去寒来，走过从前

屋檐下的故事串

捻着心火，蘸着热血来写圆

记得咱俩对着天上的月亮说

今生有幸做鸳鸯，结姻缘

啊，不撒手直到又一个来生


2017 年 12 月 19 日深圳

第十五辑　短长随想曲

## 短长随想

日子过得很短
道路走得很长
踏遍了千山万水
到了远方追寻远方
站在命运风口
是跑，是飘，是飞翔
一片落叶飞来
与心一起飘荡
何处才到尽头
何处才是诗和远方
相伴的行囊再重
背走的可是那未来希望

好梦做得太短
乡愁缠得太长
阅尽了风花雪月
到了他乡思念故乡
仰头追问北斗
是进，是退，是转向
一阵清风拂来
牵起衣袖回望
那里有我爹娘
那里有我心爱的姑娘
收获的果子再甜
落叶还是回归根的地方

想走的路有短亦有长

总是赶不上目光

走过的路说长也短

其实远不及梦想

长长短短，短短长长

一切都在情怀中掂量

因为长短，所以徘徊彷徨

走过短长，生命愈发昂扬

欲问我的未来如何

哦！在路上

哦！总在路上

哦！永远在路上

……


2020 年 2 月 17 日深圳

## 天地人心

泱泱中华，故土祖根
东方神州，千秋盛名
炎黄华夏，薪火传承
英魂浩气，万代永存

日月星辰，久仰乾坤
沧海桑田，溯古抚今
山川江河，相依命根
春夏秋冬，轮回必经

虫啾鸟叫，嘤鸣友声
飞禽走兽，容纳生灵
草木花卉，共荣亲近
水土泥沙，当惜如金

天上人间，勿作霸凌
纷繁世界，切莫折腾
风雨云雾，谨防染尘
民俗世道，忌讳逆行

造孽惹祸，危及生存
天怨人怒，因果报应
遭灾罹难，务必警醒
居安思危，祸去福临

中华文化，博大精深
母语汉字，读写心鸣
诸子百家，常读如经
琴棋诗画，修为重文

先圣绝学，耀古烁今
儒释道教，增广贤文
非遗技术，皆为学问
文明通史，安心立命

父母养身，万物生精
天地铸魂，日月昭心
生命不息，处世做人
敬天法地，经世济民

天恩地泽，图报感恩
待人及物，敬畏躬身
尊重生命，爱护环境
救死扶伤，助弱扶贫

天地人和，尊爱为神
尊长爱幼，慈悲众生
忠孝尽责，恪守人伦
积德行善，维护安宁

家国情怀，赤诚忠贞
理想如天，气节长存
爱恨情仇，是非分明
匡扶正义，兼济达人

物以类聚，人以群分
人有百面，各有秉性
彼此尊重，将心比心
与人为善，守望携行

人间纷扰，我自本真
岁月静好，安度平生
心境安泰，云淡风轻
世道沧桑，时时畏敬

人生路长，希望为径
世态无常，励志炼心
成败得失，随安自珍
贫富贵贱，莫负灵魂

知行合一，万象钟灵
勿违道德，莫失良心
俭以养性，勤以修身
厚德载物，天道酬勤

人格操守，处世为仁
宠辱廉耻，终身为训
相交礼貌，尔雅斯文
邻里和睦，相敬如宾

知足常乐，勤恳耕耘
丰衣足食，为富当仁
乐善好施，疏财解困
友朋相助，仗义倾情

重贤爱才，好学上进
敬业精艺，求索创新
百花齐放，百家争鸣
博学致用，福荫后人

人美在善，情贵在真
智多在悟，业专在深
克难在韧，功成在恒
家兴在和，梦圆在寻

真善美诚，言必笃行
洁身自好，修心养性
名声犹荣，谦虚谨慎
行事有度，遵法守信

大美神州，尚美人心
美美其美，精彩纷呈
各美其美，形色神韵
美人之美，和合歌吟

岁月如梭，珍惜光阴
愚昧冥化，与时俱进
扬长避短，吐故纳新
真理昌明，月朗风清

梦想追寻，幸福人生
快乐相伴，精气养神
栉风沐雨，强体健身
仰天俯地，胸怀如春

中华民族，百姓子民
迁徙安居，不忘祖根
光宗耀祖，一脉相承
行稳致远，和谐共进

2020 年 2 月 29 日深圳

## 欲望何酬

忘不了古人说过

对酒当歌，人生几何

常听到今人多说

人生如梦，莫过追求

人啊人，人啊人

生性叵测的万物之首


追高的总是攀比山头

逞强的总爱显摆江湖

求胜的不屑遇险鸿沟

烦心的总是找不到缘由

曾经踏尽山之丘

无奈欲说难休

曾经寻遍河之洲

还是欲罢不休

哦！人心不古

哦！人生多忧

来到了远方追寻远方

不知何时走到尽头

不安的灵魂啊

总在岁月长河漂流泛舟


诉苦啊想起那个年头

说累啊常怨那种气候

论险啊惊心那道关口

难忘啊多少个不堪回首
本来热汗胜于油
还是一无所有
其实热血贵如酒
还是一心拥有
哦！欲求难求
哦！欲望难酬
得到了还想更多得到
人心多迷常在犯愁
明天的向往啊
任凭花开花落梦海泅渡

那个年头，那个年头
干中求变才是大九九
我们把家国扛在肩上
起早摸黑像头奋蹄犟牛
粗茶淡饭咽咸菜
依然干劲铆个实足
每到挥镰收获的时候
风光豪气爽过时髦风流
此厚彼薄，绿肥红瘦
乐在一个了得知足
啊，彩虹之美在风雨过后
啊，命运之神拿捏在手头

2022 年 7 月 6 日深圳

## 玄乎人生

也许在也许中悠哉期待
如果在如果中辗转徘徊
可能用可能去任性设定
凑合以凑合去自我释怀

梦想在梦想的叠加舞台
迟疑在迟疑后迷茫懈怠
能否在能否中寻找希望
麻木在麻木中煎熬忍耐

世俗随风飞扬着诙谐
守望风口，炫目喝彩
花开花落，冬去春回
可有机遇等你重新洗牌

世事无常谁能掐指竞猜
可是沉醉，可是明白
心事无形谁能胜算未来
可是奋起，可是发呆

多少叹息在相伴无奈
多少时光与生命拜拜
走出怪圈，走向拐点
别忘记生存在丛林年代

2019 年 4 月 19 日深圳

## 释怀

为什么身子总在彷徨
为什么眼神常常迷茫
假如你去登高望远
心境如斯，天地开朗

是什么缠住手脚臂膀
是什么让人揪心搅肠
其实你若清理自己
如释重负，神清气爽

释怀吧，多多释怀
抛开那些个陈年老账
宽恕吧，早点宽恕
与过去和解的纠结忧伤

吐故纳新让生命成长
脚踏当下，追赶太阳
一撇一捺是人字模样
互相搀扶，更有力量

有情有爱的地方啊
才是世上幸福的天堂
你唱我和的歌声啊
才是人间最美的乐章

2020 年 2 月 15 日深圳

# 领悟

跟着日落日出
摸到了时光的来路去处
经过春夏秋冬
把握了人间的阴晴寒暑
从风雨中走来
感受了天上的雷电云雾
从苦难堆里爬出
见识了生涯的高峰低谷
爬高山，渡江河
明白了梦想的追寻猜度
多少挥汗洒泪的经历
才找到通往聪明的漫漫道路

调过油盐酱醋
尝到了舌尖活啥样功夫
遭遇悲欢离合
体恤了世道的酸甜困苦
从江湖中闯来
求教了博弈的加减乘除
在春秋田野耕耘
收获了生活的甘甜富庶
听音乐，晒风流
读懂了鲜活的诗词歌赋
多少峰回路转的赶考
领略了人生长河的逐浪放舟

心灵啊，一扇关不了的窗户
岁月啊，一条走不停的长途
人生啊，一场不落幕的演出
生活啊，一本读不尽的神书
人生求索啊贵在领悟
生命不息啊神在领悟

2018 年 10 月 21 日深圳

# 感叹

天上高悬的月亮

夜夜照谁登高楼

热情似火的流萤

默默引谁赶茫路

多少次他乡去追风

千回百转，漂泊沉浮

都说江湖难测险

几人能过风陵渡

命运啊命运

玄乎玄，谁看透

人生那首歌

如何起承转合唱圆溜


绿叶终归黄了秋

雪花总要飘上头

曾经故事吹走了

焉知飘落谁心口

昨天的欢笑留不住

醉酒方醒，又添新愁

惊蛰转暑接白露

匍匐黄土度春秋

欲望啊欲望

绕不开，何时休

多少南柯梦

何时花好月圆大丰收

站在时光的风口

回眸来时的道路

掸雪拂尘，感慨万千

欲火燎烤，梦海泅渡

风雨兼程的我

是进是退，往左往右

仰天长叹，岂敢糊涂

远方追梦谁与我来牵手

修行苦旅谁与结成驴友


2019 年 11 月 16 日深圳

# 我的天

像风像水岁月流年
天下公平每人三天
昨天今天再去明天
只有经过才叫人生

昨天溜过时空为先
留下故事让人感叹
可以回望不能回去
蓦然惊醒读懂时间

生前身后别有生天
一脚蹬出又到明天
多少期盼多少希望
留待未来迎接考验

过客匆匆奈何留痕
做好当下用心今天
多少耕耘多少收获
有爱有福美煞神仙

世人同地也亦同天
其所殊异各非命天
福地之人别有洞天
蹉跎玩家常陷忧天

踏过天天走过年年
别把梦想挂到天边
来日方长掐指笑谈
人生善待三万多天

寸寸光阴无迹无言
悄把岁月刻上容颜
苦乐年华皆无幸免
命运之神在乎敬天

哦！昨天今天明天
哦！问天奉天乐天

2016 年 3 月 6 日香港

# 江湖泪

茫茫人海相识千千万
知己交心寥寥一两三
一叶窥秋色，江湖知深浅
谁与我扛个太阳送下山

多少个长夜辗转无眠
心事泛滥惊醒五更寒
顶着风，披着雨，熬着暑
迎接着一个又一个明天

几回抽剑出手江湖行远
几番回眸转身雾遮红颜
把壶独饮，温暖孤魂
情在怀，爱堪言，梦扼腕

前程远，世道险，行路难
智若愚，巧守拙，苦变甜
红尘变脸快，人间守信玄
天涯莫名愁，望月思田园
啊！江湖泪，何时干
啊！江湖泪，何时干

2019 年 10 月 16 日深圳

## 车夫

一口生津的唾沫，
吐在生茧的手心
一搓二拍三握拳
攒出浑身犟劲头

一根黑粗的麻绳
套在肉肩的左右
一条催命的皮带
勒紧半圈子颈脖

车上堆满了货物
脚下是坑洼长途
埋头拉车，抬头看路
吆喝嘿呦，蹬腿挪步

像一头有劲的蛮牛
拉着沉甸甸的生活
撑住弯弓的脊梁
拉来养家糊口的盼望
拉起安身立命的春秋

2018 年 8 月 7 日深圳

# 胃口

小小胃口，胃口不小
那是当今的风景一道

送上金山银海嫌宝太小
送上万紫千红嫌色好少
送上美酒佳肴嫌醉难饱
伸手长长无休止地外捞

如果有太多的如果风骚
假若有太多的假若窃笑
可是有太多的可是逗闹
疯狂吞吐只为心中的发烧

也许何时胃中长出脓包
也许哪天胃球超载惊爆
也许哪回胃囊拉响警报
才明白胃口竟是欲洞陷阱
世上哪有豁免的恣意逍遥

胃口啊，请尊重个体大小
胃馋啊，请尝对养生味道
胃病啊，请趁早预防治疗
怜惜生命共同体的不易
需要你为公奉献汩汩养料
啊！安守本分的胃口正好

2016 年 11 月 23 日深圳

## 别装糊涂

经历了烦恼忧愁

流淌了心血泪珠

面对纷扰的大千世界

心生酸楚，灵魂孤独

煎熬中走来望风却步

无声呐喊缄默心头

哦，难得糊涂

哦，难得糊涂

大雅之堂，高悬难得糊涂

装聋卖傻也许是曼妙出路

可是，事没糊涂

其实，心没糊涂

也许，人还是迷茫在江湖

甚至，整个神志都在恍惚

自我麻痹，接着又添新愁

醉生梦死，岂能长长久久


谁在世超凡脱俗

谁成天阿弥陀佛

呼吸在风尘滚滚人间

悲悯不惊，自有风骨

童话的世界哪能依附

风云变幻莫辨春秋

啊，不能糊涂

啊，不能糊涂

日出日落，油腻嘴脸太俗
梦中醒来依然是一抔黄土
时时，心别糊涂
事事，人别糊涂
处处，别遭花样幌子忽悠
也许，沉默是金少打呼噜
光明磊落，走路舒展衣袖
待人接物，厚薄心中有数

莫言糊涂，莫言糊涂
心明眼亮地做人真实舒服
别装糊涂，别装糊涂
面具扮相的混世焉能幸福
人生如梦，岁月如歌
风清月朗的日子健康长寿
走出你闷骚隐晦的怪圈
在诗和远方豁出潇洒风流


2019 年 11 月 10 日深圳

# 争锋比肩

不知有了多少年
都想在苍茫大地当塔尖
矗立在人间的制高点
惯用神秘的轴心
主宰广袤的地平线
山峦匍匐在脚下
白云舐着帽檐
权杖挥舞，风光无限
享受着至高无上的尊严
顶礼膜拜，千遍万遍

谁知道沧海桑田
也会日出日落星移斗转
今天向昨天悄然挑战
撑天拔地的脚手架
拥载高楼直冲霄汉
昔日高傲的金字塔
瞰视青葱欲摩天
暗暗悲怆，声声惊叹
是谁竟想与我争锋比肩
奈何奈何，岁月逆天

2018 年 10 月 31 日深圳

# 时间

不知不觉的时间

冲出烟圈话匣的围堤

不曾经意的时光

挣脱茶盅酒杯的麻醉

它正分秒必争地赛跑

冲进高速运转的脑门园地

它在神奇地创造

飞架的彩虹，天堂的登梯


不屑计较的时钟

拉近东西南北的距离

似水流年的日子

剪碎白天黑夜的藩篱

它在悄无声息的幕后

演绎春秋四季的节奏旋律

它正神秘地刷新

人间的梦想，时代的主题


它在日出日落中传奇

它在开花结果中酿蜜

它在万象更新时欣喜

它在诗和远方处接力


它伴着生命成长游戏

它合着梦想追寻步履

面对天下的芸芸众生
它公正施予不偏不倚

无需要弄清它的来历
可必须与它共同经历
当岁月走过春秋四季
它偕着风雨斗转星移

啊，有谁懂得对它珍惜
啊，有谁拥有它的魔力
她就像胸中怦怦的心跳
是我梦中醒来的脉搏气息

2018 年 8 月 8 日深圳

# 远方并不遥远

我一生最上瘾，最快乐的事情，莫过于读诗，写诗。

自从与诗结缘后，视野开阔了，思想活跃了，情感充沛了，生涯快乐了！真真切切感受到腹有诗书气自华，让我受益匪浅！

我笃信人生虽向晚，但抱诗归来仍是少年！我坚信岁月无常，但诗文伴身其乐无穷！

诗词是一门特殊的文学，是关乎人和心，情和景，事和物，画和歌的文字艺术，它是文学之花，艺术之果，需要一定的文学功底，语言技巧，审美意识，按照不拘一格的音节、声调和韵律表达，写好它真的不容易！

艺海瓢水，掬饮甘泉。当初，我是被前人"诗言志""词咏意""歌舒心""赋纪事"的教诲引导上路的。而当读过《诗经》、《楚辞》、汉赋、唐诗、宋词、元曲以及近代诗歌后，才真正领略到祖国的诗歌源远流长，博大精深，璀璨千秋！诗词的微言大义，微言深情，微言万象是无法想象的！当我追溯诗史，看到从古到今，诗情绵延，诗人不绝，诗作不断，诗材遍地，诗海汪洋，诗意蓬勃，千年鼎盛，受此激励，我纵身诗海不回头！

我是职业企业家，诗歌写作本是业余爱好。当我读的诗多了，学多了，形成了一定的积累，慢慢诗情涌动，诗兴勃发，撩发了我写诗的欲望，从此一发不可收拾，乐此不疲！

万事开头难，写诗也一样。起先我好像是在追寻诗和远方那样羞涩怯生，如今我感到诗和远方并不遥远！一切的转折都在实践之后和坚持之中。只有下海了，才能涉过深浅到达彼岸。

诗作写多了，从刻意到随意，文从字顺，意生诗行，诸如常用的比喻、隐喻、明喻、暗喻、借喻、托喻等也就信手拈来。又比如写诗中运用的：谋篇取意、虚实结合、铺垫烘托、旁敲侧击等等表现手法，也能熟能生巧，运用自如。当然这些一招一式也都是从摸索中来，坚持多读多写是我与诗长进的苦旅出路！仅靠灵光乍现，灵感舞笔，只能偶尔为之，这种天眷神授的机会确实难得！

写首诗不难，写好诗很难！自古以来，文无定法，诗无达诂，何况诗词是有温度的，有灵性的，有生命力的。写华丽讨巧的诗句不难，但要写出诗情中的画意，画意中的诗情，写出精练、形象、意境、哲理、风采、韵味、灵透、隽永的诗词确实不易！尤其是要写出人人眼里有而心中无的作品更是不易！因为诗词是文学中的文学，是文学中的艺术；它不是客观再现，而是主观表现；它不是客观真实，而是主观求实；它不单要有客观实情，还要主观心情。诚如雪莱《诗辨》所言："诗使它触及的一切变形。"而这些化蝶惊变，离不开诗人别出心裁、匠心独运的创作投入。而其中的形象思维、意象语言、赋比兴手法等等这些基本功必不可少，否则作品中的气韵、情韵、神韵无从斩获！

我常常在想，作诗和做梦何其相似，它要把如梦的情境，如梦的幻觉，如梦的呓语，如梦的憧憬，达成诗文意象表达，鲜活一幅栩栩如生的画面，洒脱一派春花秋月景，这个偶合升华的过程，如同赶赴一场文化盛典，体验一次文化盛宴，与其说人在穷文写诗，不如说心神在同步升华！也许这就是诗人与诗作的无言魅力！

诗歌作为人类的心声表达，创作当需取之源泉，锚定方向，正如诗圣白居易所言："诗者：根情，苗言，华声，实义。"我的诗作面向社会大众，从生活中摄取素材，尽量写身边的题材，写那些看得见、摸得着、听得清，人人都能体会到的事物。尽情表述所思、所想、所爱、所梦，这样写出的东西不虚不假，真切生动，有把握，浓淡相宜。诗歌是社会语言文学，我在写作语言表达上选用通俗易懂、朗朗上口的生活化语汇，让接地气市井语言与大雅文学语言，口头语言与书面语言融合一体。其实人间生生不息的咏叹，就是诗歌创作的鲜活脉搏，惟有把生活化语言升华到诗意化语言，让直抵人心的诗句通畅于命门，才是普罗大众最适配滋养的。这样尽可能让诗作淳朴、风趣、易懂、有情、通融、可信，力求引发受众情感共鸣，达到诗文是我的，其言其歌却是你的！宋代诗人杨万里"雾外江山看不真，只凭鸡犬认前村。渡船满板霜如雪，印我青鞋第一痕"，其诗所言正是我诗作追求的效果。德国诗人席勒所说的"朴素的诗篇"，也一直是我写作努力的方向。

写诗需要题材，而在我的眼中心中，似乎时时处处都是题材，譬如诗意祖国、诗意家园、诗意岁月、诗意人生、诗意生活、诗意爱情、诗意山水、诗意情境、诗意故事等等，尤其是在生长在我们这样一个繁花似锦、文明源远流长的国度，生活在这个欣欣向荣、年丰人顺的盛世时代，只要有心留意，创作的源泉就如春潮那样滚滚而来，像漫天的繁星，像大海的浪花，像大地的芳草，取之不尽，用之不竭！只要诗人用诗眼词心去播种耕耘，诗词作品就会开花结果出世来！

说实话，写诗并不浪漫惬意，是一个辛酸自知的苦活！我这些年写诗的体验，就是一个诗海泅渡的苦旅过程，确实不容易！我能坚持至今，虽有爱好情怀，还受时代感奋，但更离不开朋友支持、诗友相助！我总不能忘记"大风起兮云飞扬"，是民族追梦赋予我的诗魂，是时代激荡我的诗情，是生活勃发我的诗兴，是祖国高歌猛进成就了我的诗篇！我像卷进时代大潮那样，多少酸甜苦辣、喜怒哀乐、悲欢离合一起走进诗歌，让我的生命绚丽多彩！

在《观海听涛》诗作结集付梓之际，我要特别感谢著名作家、诗人陈昌华对我的诗作悉心指导，感谢他欣然抽暇为诗集精心作序，增辉添彩！我还要感谢著名诗词作家单协和为我们诗作斟酌把脉，让我深受教益！感谢著名企业家禹露等一众朋友，对我多年的创作热心相助！最后还要感谢我的家人、亲人的理解和支持，感谢他们充当我写作初成的先睹读者！当然，还要感恩欣逢的时代，感恩多情的生活，感恩老读者、新粉丝，感恩一切爱我的人和我爱的人！

这本朗诵诗歌集得以顺利出版发行，应当感谢深圳出版社，感谢聂雄前社长、韩海彬主任以及杨雨荷编辑的支持玉成！

当今，作为时代文化大潮的一股泉流，朗诵诗歌很受社会欢迎。我顺势响应，从一千多首作品中，选辑了其中适合朗诵的二百零三首结集，由于水平有限，莠草稗秕杂陈，我诚恳接受读者、诗友、行家的直面批评指正！

但愿这本诗集能为时代助兴，为广大读者添趣，为祖国文苑献上枝叶小花！

高尔基曾说，诗歌是世界的回声；而我常说，诗歌是生命的行吟！我的诗境生活，诗意人生，诗情之恋，依然还在漫漫风雨路上！

易新南

2022 年 9 月 28 日深圳

后记